一億年ボタンを連打した俺は、
Ichiokunen Button wo Renda shita Oreha,Saikyo ni natteita
気付いたら最強になっていた
～落第剣士の学院無双～
8

「おお、これは豪華だな……！」
ローズ＝バレンシア
『桜華一刀流』の正統継承者。故郷である桜の国チェリンでもマイペースは変わらず。
アレン＝ロードル
一億年ボタンによって、極限の剣術を身に付けた少年。二学年進学を目前に、チェリンでの合宿を満喫している。

「ふふっ、いい出来栄えね」
シィ＝アークストリア
千刃学院の生徒会長。政略結婚から救い出されたことで、アレンを本格的に意識し始める。
リア＝ヴェステリア
ヴェステリア王国の王女でアレンと同部屋の仲。アレンと行く春合宿を非常に楽しみにしている。

「だったら、これでどうだ……！」

「そらそらそらぁ！
こんなものか、
小僧！」
バッカス＝バレンシア
ローズの祖父であり、酒好きで女好き。かつて『世界最強の剣士』と言われていたほどの実力を持つ。

「な、な、な……っ!?」
背中に降り落ちた
木片を払いつつ、ゆっくり
顔を上げるとそこには——

一糸まとわぬリア・ローズ・
会長の姿があった。
十数億と十五年生きてきた中で、
間違いなく今が最大の危機だ。
「あ、アレン……？」

CONTENTS

一億年ボタンを連打した俺は、気付いたら最強になっていた8
～落第剣士の学院無双～

月島秀一

ファンタジア文庫

3128

口絵・本文イラスト　もきゅ

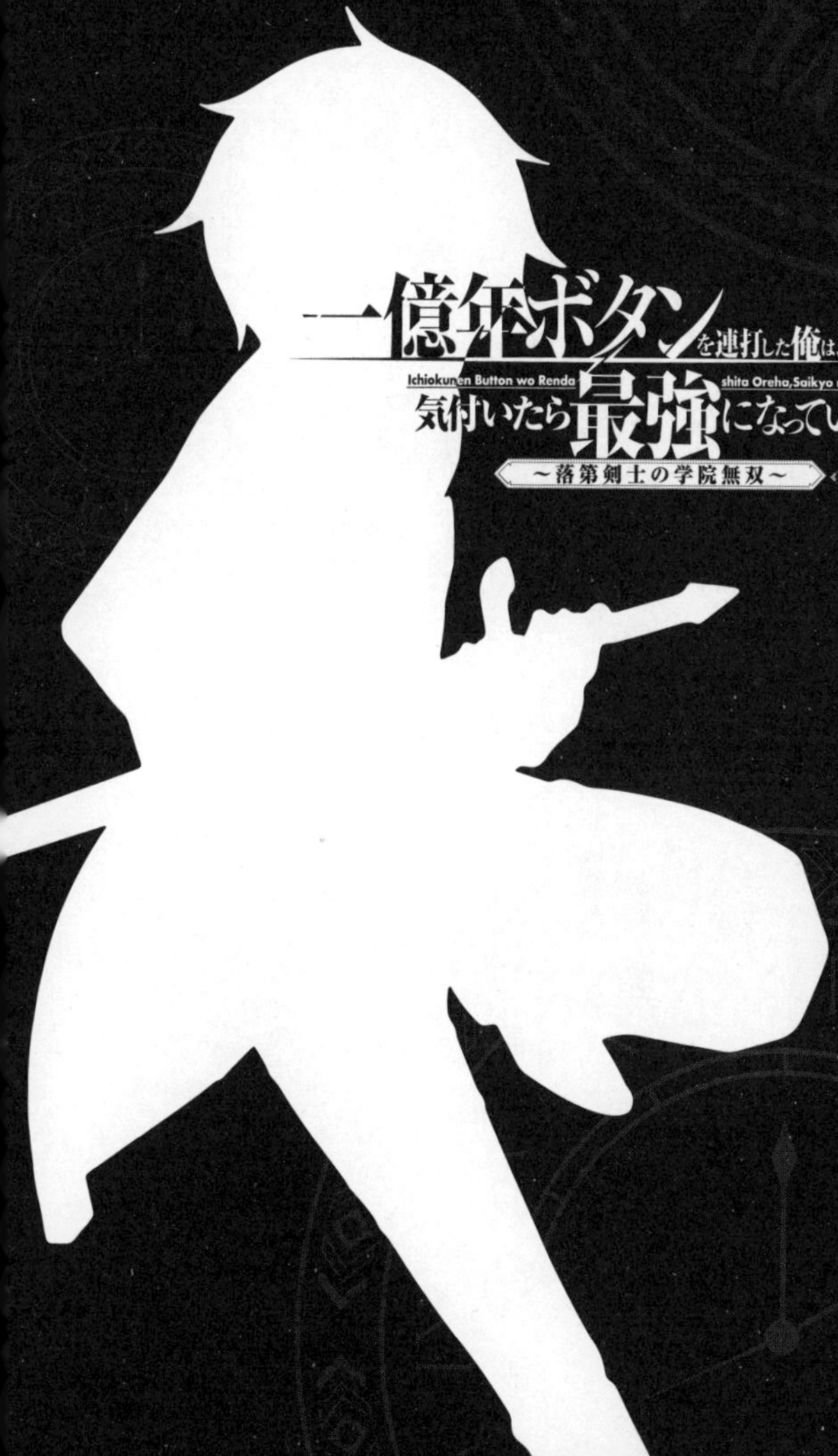

一億年ボタンを連打した俺は、
Ichiokunen Button wo Renda shita Oreha,Saikyo ni natteita
気付いたら最強になっていた
～落第剣士の学院無双～ 8

一：桜の国チェリンと七聖剣

三月十五日、今日は生徒会の春合宿初日だ。

俺とリアは千刃学院《せんじんがくいん》の正門前でローズと合流した後、会長たちとの待ち合わせ場所である、アークストリア家の屋敷《やしき》へ向かう。

元気いっぱいのリアと寝ぼけ眼《まなこ》のローズ、二人とちょっとした雑談を交わしながら、オーレストの街を進み――目的地に到着。

（久しぶりに見たけど、相変わらず立派な家だなぁ……）

眼前にそびえ立つのは、アークストリア家の屋敷だ。

広大な庭の付いた三階建ての木造建築。本宅に別館に離れ、プライベートジェットの格納庫などなど……。いったいどれくらいお金を稼げば、こんな豪邸《ごうてい》を建てられるんだろうか？

（このレベルのは無理だろうけど、いつかは俺も自分の家が欲しいなぁ）

理想を言うならば、六畳の居間が二部屋。そこに素振りのできる庭があったらもう……最高だ。

漠然とした将来のことを考えていると、遠くの方から俺を呼ぶ声が聞こえてきた。

「――アレンくーん、こっちこっちー！」

そちらへ目を向けると――玄関口に立った会長が手を振りながら、ぴょんぴょんと小さく跳ねていた。その両隣には、リリム先輩とティリス先輩もいる。

「会長、リリム先輩、ティリス先輩。おはようございます」

「……………おはよぅ」

俺・リア・ローズが朝の挨拶を述べると、

「みんな、おはよう。これから一週間、思いっきり遊びましょうね！」

「おはよう！　およそ半年ぶりの合宿だ、気合いを入れていくぞ！」

「……………おはようなんですけど」

久しぶりの旅行でテンションの上がった会長、いつも通り元気溌溂《はつらつ》としたリリム先輩、見るからにぐったりした様子のティリス先輩――三者三様の反応が返ってきた。

（そう言えば……ティリス先輩も、朝が苦手なんだっけか）

夏合宿のときも、確かこんな感じだったような気がする。

「ところで会長、レイア先生の姿が見えないようですが……」

今回の春合宿は、引率として先生が付いてくるという話だったのに……寝坊だろうか？

「残念だけれど、レイア先生の同行はなくなったわ。彼女は今日『とても大事な会談』に出席しなければならないのよ」

「とても大事な会談？」

「ええ、一般には公表されていない極秘会談よ。議題は確か『神聖ローネリア帝国への対応』だったかしら……？　各国の首脳陣に加えて、あの七聖剣《しちせいけん》が四人も顔を出す大規模なものよ。リーンガード皇国からは、天子《てんし》様とお父さんが出席するの。レイア先生は二人の護衛ね」

「なるほど、そうだったんですか」

世界の裏側では、こうしている今も大きな動きがあるらしい。

（七聖剣、か……）

強い正義の心と人の域を越えた圧倒的な力を併せ持つ、聖騎士協会の誇る人類最強の七剣士——それが七聖剣だ。

（遥《はる》か格上の剣士なのは間違いないとして、どれほど強いんだろうか……？）

もし機会があるならば、ぜひ一度お手合わせを願いたいものだ。

俺がそんなことを考えていると、

「ねぇアレンくん。ところでその……ど、どう、かな……？」

伏し目がちになった会長が、コテンと小首を傾《かし》げた。

「えーっと……あぁ、なるほど」

その視線の意図を理解した俺は、彼女の爪先から頭の天辺《てっぺん》までサッと目を流す。

清潔感のあるシンプルなシャツ・チェック柄のロングスカート・小さくて可愛らしいショルダーバッグにワンポイントとして品のいいネックレス、全体的によくまとまった、魅力的な装いだ。

全体的によくまとまった、魅力的な装《よそお》いだ。

「とてもお似合いだと思いますよ」

「そ、そう？　それならよかった……っ」

俺と会長がそんなやり取りを交わしていると、

「──うんうん。アレンくんに褒めてもらえてよかったなぁ、シィ？」

人の悪い笑みを浮かべたリリム先輩が、横合いからひょいっと顔を出し、それと同時に会長がビクンと体を揺らした。

「り、リリム……？　何が言いたいのかしら？」

「いやぁ、別にぃ？　ただまぁ昨日は一日中、『可愛《かわい》い服選び』に付き合わされたから、その成果があってよかったなぁ、と思っているだけだよ」

「んなっ⁉　ちょ、ちょっと！　それは秘密にするって約束でしょう⁉」

会長は頬を赤く染め、リリム先輩をキッと睨《にら》み付《つ》ける。

「おー、怖い怖い！　そんな顔をしていると、アレンくんに嫌われてしまうぞ？」

「うっ……。も、もう……！　ほら、アレンくん！　お馬鹿なリリムは放っておいて、早く行きましょう！」

「え、あっ、はい」

それから俺たちは、アークストリア家の保有するプライベートジェットの格納庫へ向かった。

「みんな、こっちよ。足元が少し不安定だから、怪我《けが》をしないよう気を付けてちょうだい」

会長の後に続いて、階段式のタラップを登っていると、

「あっ、そうだ。今回の合宿では、『楽しい企画』を用意しているから期待しててね？」

彼女は器用にウインクをし、鼻歌まじりに機内へ入って行った。

（……楽しい企画、か……）

それは『会長が』楽しい企画なのか、それとも『みんなが』楽しい企画なのか……。

とりあえず、春合宿中もあまり気は抜けなさそうだ。

■

飛行機が無事に離陸し、巡航高度《じゅんこうこうど》に達したところで、俺たちはシートベルトを外す。

それと同時に、

「……すまない、少し奥で眠らせてもらう」

「ふわぁ……おやすみなんですけど……」

睡魔にやられたローズとティリス先輩は、飛行機の最奥《さいおう》に設置された仮眠室へ向かう。

俺・リア・会長・リリム先輩――メインデッキに残った四人は、ちょっとした雑談に花を咲かせ、それも一段落がついたあるとき、

「ねぇみんな、ちょっとこれで遊ばない？」

会長は長方形の箱を持ち出し、中央に備え付けられた大きな机の上に載せた。

「なんですか、それ……？」

「どぅるるるるるるるる……じゃじゃーん！　合宿の定番、『人生ゲーム』よ！」

彼女は可愛らしいドラムロールを口ずさみながら、勢いよく箱を開け放つ。

するとそこには、カラフルな配色のボードゲームが入っていた。

「あっ、これ！　私、小さい頃にやったことがありますよ！　うわぁ、懐《なつ》かしいなぁ……っ」

「おぉ、随分と久しぶりに見たな！」

　リアとリリム先輩はキラキラと目を輝かせながら、ボードに書かれたイベントマスに目を向ける。

「ふふっ、昨日合宿の準備をしているときに、偶然これを見つけてね。みんなで遊んだらきっと楽しいだろうなって思って、飛行機に運び込んでおいたのよ」

「さすがはシィ、ナイス判断だ！」

「でしょでしょ！」

　この場の空気が一気に高まったところで、

「――アレン、一緒に遊びましょう！」

　期待に胸を膨らませたリアが、ぐぐっと顔を寄せてきた。

「あぁ、もちろんいいぞ」

　彼女がこんなに嬉《うれ》しそうなんだ。当然、断る理由はない。

　全員の意見が一致したところで、会長はパンと手を打ち鳴らす。

「それじゃ、決定ね！　後はルールについてなんだけれど……。私・リリム・リアさんは、遊んだことあるから大丈夫として……アレンくんは、どうかしら？」

「そうですね……。人生ゲームはゴザ村で何度かやったことがあるんですけど、これは俺の知っているものとかなり違っているみたいです」

俺が竹爺《たけじい》たちと一緒に遊んだのは、もっと赤黒く淀《よど》んでいて……とにかくダークな感じのパッケージだった。決してこんなに明るくて、楽しげなものじゃない。

「あら、そうなの？　人生ゲームと言えば、このシリーズが定番なんだけど……まぁ、いいわ。それじゃ念のため、簡単にルールを説明しておこうかしら」

「はい、お願いします」

それから会長は、わかりやすくルールを説明してくれた。

各プレイヤーは一から十の数字が割り振られたルーレットを順番に回し、出た目の数だけイベントマスを進む。途中停止したマスに書かれた様々なイベントをこなしつつ、ボード中央に設置されたゴールを目指し――全員がゴールした時点で、最も『保有資産の現金評価額』の多いプレイヤーが勝利となる。

ルール自体に特段珍しいものはなく、ゴザ村で遊んでいた人生ゲームとほぼ同じだった。

「ちなみに一つだけ忠告しておくと……。残念ながら、アレンくんとリアさんに勝ち目はないわ。なんと言っても私とリリムは、このゲームを極《きわ》めているもの！」

「ふっふっふっ！　『千刃《せんじん》の人生ゲームマスター』とは、この私のことだぜぃ！」

「あら、舐《な》めてもらっちゃ困りますよ？　私もお父さんやクロードを相手に何百戦と戦い、全てのイベントマスの内容を丸暗記していますから！」

三人は凄《すさ》まじい闘志を燃やし、ギラついた視線をぶつけ合う。

なんだか俺一人、置いてけぼりにされている感じだ。

「あ、あはは……。とりあえず、お手柔らかにお願いしますね」

こうして俺たちは、桜の国チェリンに到着するまでの間、人生ゲームで遊ぶことになったのだった。

それから数時間後、

「そ、そんな……。あり得ないわ……っ」

「嘘《うそ》でしょ!?」

「ぐぬぅ……っ」

会長・リア・リリム先輩の三人は、顔を青くしながらゲーム内通貨をギュッと握り締める。

「えーっと、三億、四億、五億と八千万ゴルド……。どうやら今回も、俺の勝ちみたいですね」

一位は俺の五億八千万ゴルド。

二位は会長の一億一千万ゴルド。

三位はリアの七千万ゴルド。

最下位はリリム先輩のマイナス六千万ゴルド。

二位の会長に五倍以上の大差を付けた『完全勝利』だ。

しかも、ここまで三戦三勝。ただの一度として、トップの座を譲ったことはない。

「い、イカサマよ、イカサマ……！　こんなの絶対におかしいわ！」

「アレン、正直に答えてちょうだい。あなた、何かズルしているんじゃないの⁉」

「この人生ゲームを初めて遊んだという割には、ちょっと強過ぎやしないか？　もしかして、また何かやっているんじゃ……っ」

予想通りというかなんというか……。

会長・リア・リリム先輩の三人は、口を揃《そろ》えてクレームを付けてきた。

「みなさん、少し落ち着いてください。当然ですが、イカサマなんてしていません。そもそもこの人生ゲームは、会長が準備したものなんですよ？　俺が細工を施すような時間や隙は、どこにもなかったじゃないですか」

「そ、それは……」

「確かにそうだけど……っ」

「ぐぬぬ……。さすがはアレンくん、中々尻尾を摑《つか》ませないな」

悔しそうな表情をした三人は、プルプルと震えながら、それでも食らい付いてきた。

「でも……っ。このゲームで『所持金五億ゴルド超え』なんて、これまで一度も見たことがないのよ⁉　こんなの絶対におかしいわ！」

「それにアレンだけなのよ？　三回のゲーム中、たったの一度もバッドイベントのマスに止まっていないのは！」

「そうだそうだ！　その辺りのこと、詳しく説明してもらおうじゃないか！」

会長とリアが不審な点を指摘し、リリム先輩がそこへ乗っかった。

「あはは、そんなの当たり前じゃないですか。わざわざ好き好んで、バッドイベントのマスには止まりませんよ」

俺がごく当たり前の返答をした瞬間、

「「「……っ！」」」

三人はハッとした表情で顔を見合わせた。

「そう言えば、噂《うわさ》で聞いたことがあるわ。『裏社会』を生きるプロのディーラーは、自分の思いのままに、ルーレットの目を操ることができると……っ」

「ねぇアレン……超人的な身体能力を持つあなたなら、そんな芸当も可能なんじゃないかしら？」

「どうなんだ、正直に答えてくれ！」

会長とリアとリリム先輩は、とても今更な質問を投げ掛けてくる。

「ええ、もちろんできますよ」

特に隠す必要も感じなかったので、素直に答えることにした。

竹爺からありとあらゆる遊びを教わった俺は、当然ルーレットについても人並み程度には嗜《たしな》んでいる。

カードゲームほど得意ではないが、狙った数字を出すことぐらい朝飯前だ。

バッドイベントのマスに止まらず、最も給料のいい職業に就き、数か所だけ存在する超ラッキーマスを確実にものにする。

こうやって俺は、圧倒的な大差を付けて勝利したのだ。

「たとえば『十の目』を出したいときは、こんな風に……っと」

俺はそう言いながら、ルーレットを勢いよく回す。

十回二十回と高速で回転したそれは、ゆっくりと速度を落としていき――最終的には、俺の宣言した『十』の目でぴったりと停止した。

「い、イカサマ……っ。アレンくんは、天性の『イカサマ師』よ！　今までそうやって、お姉さんたちを弄《もてあそ》んできたのね⁉」

「こんなの卑怯《ひきょう》よ！　絶対誰もアレンに勝てないじゃない！」

「アレンくん、君という男は……っ」

三人は勢いよく立ち上がり、いきり立った様子でこちらへ詰め寄ってきた。

「え、ちょ、ちょっと……!?」

あまりの気迫に押された俺は、あっという間に壁際《かべぎわ》まで追い詰められてしまう。

「アレンくん、覚悟はできているんでしょうね？」

「アレン、卑怯なことはよくないわ！」

「剣士の勝負は真剣勝負、知らないとは言わせないぞ？」

ぐぐっと顔を寄せてくる三人に対し、俺はすぐに反論を述べる。

「ご、誤解です！　これは『技術』であって、決して『イカサマ』じゃありません！」

技術とイカサマ、この二つは明確に区別されるものだ。

狙った数字にルーレットを止めるのは、技術。

手汗を染《し》み込ませて『滑り』を調整したり、こっそりと台へ『細工』を施したりするのは、イカサマ。

あらゆる技術を習得したうえで、多種多様なイカサマを駆使して戦う。これが『ゲーム』の醍醐味《だいごみ》だ――と、小さい頃に竹爺から教わった。

しかし、必死の反論もむなしく、彼女たちは小さな声で密談を始める。

「——リアさん、リリム。アレンくんの処遇をどうしましょうか？」

「そうですね……。やはりここは、何か『お願い』を聞いてもらうというのが、妥当な線じゃないでしょうか？」

「おぉ、そいつは名案だな！　私は……うん。アレンくんの独特な剣術を付きっきりで教えてもらいたい！　彼の技はかっこいいし、何よりとても実用的だ！」

「それなら私は、アクセサリーみたいな『残るもの』をプレゼントしてもらおうかしら……？」

「うーん、私はマッサージとかしてほしいかなぁ。べ、別に変な意味じゃないですよ……？　最近肩凝りとかちょっと酷《ひど》くてですね……っ」

「飛影《ひえい》に瞬閃《しゅんせん》に八咫烏《やたがらす》——ふっふっふっ！　来年こそは、リリム＝ツオリーネの時代がくるぞ！」

会長とリアはほんのりと頰を赤くし、リリム先輩は少年のように目を輝かせた。

（こ、このままじゃマズい……っ）

いったい何を話し合っているのか知らないけれど、なんとかしてあの会話を中断させないと、また面倒なことが起こりそうだ。

（会長・リア・リリム先輩――三人の根っこはとても単純だ……）

好奇心旺盛で負けず嫌いな彼女たちには、きっとこの『餌』が一番効果的だろう。

「あのー……。『ルーレットを思いのままに操る方法』とか、知りたくありませんか？」

俺がそんな『撒き餌《まえ》』を放り投げると、

「「「る、ルーレットを思いのままに操る方法……っ!?」」」

三人はわかりやすいぐらいに食い付いた。

（ふぅ、よかった。これはもう完璧に『釣れた』な）

リアたちの一本釣りに成功した俺は、机の上に置かれたルーレットへ視線を落とす。

「ルーレットの出目を操るためには、その形状を理解することが大切です。たとえばこれには、『ツマミ』のところに小さなギザギザがありますよね？」

「ええ、確かにあるわ」

「摘《つ》まみやすくするための溝ね」

「ふむふむ、これがポイントなんだな？」

三人は期待に満ちた目で、話の続きを促してくる。

「実はツマミに溝のあるルーレットは、一番出目を操りやすいタイプなんです。なので、ここから先の話は、気を楽にして聞いていただければと思います」

そう前置きしてから、本題に入っていく。

「このルーレットに掘られた小さな溝は、全部で三十六本。今回はこの均等に割り振られた『大ヒント』を利用します」

「「「この溝が、大ヒント……？」」」

「ポイントは二つ。ルーレットを回すときの力を一定にすること。そして親指の腹で『何本分の溝をスライドさせたか』、これをしっかり覚えておくことです。たとえば俺の場合、十本分の溝を親指でスライドさせると、きっかり十周した後に元の出目に戻ります。ちょうどこんな風に……っと」

七の目が出ているルーレットを勢いよく回すと、十周した後に再び七の目で停止した。

「う、そ……!?」

「す、凄《すご》い！」

「出目を完璧に操っている……っ」

会長・リア・リリム先輩は、まるで魔法でも見たかのように大きく目を見開いた。

「『スライドさせる溝の本数』と『出目の関係』が摑めれば、後はもうミリ単位の微調整を加えるだけです。ルーレットを十周させてから一マス進めたければ、溝を十・一本分スライド。十周させてから二マス進めたければ、十・二本分スライド。――っとまぁこんな風にして、ルーレットの出目は自在に操れるんですよ」

「そ、そんな簡単に言われても……っ」

「アレン、それはちょっと『人間』の私たちには早過ぎるわ……」

「ミリ単位の微調整って、考えただけで頭が痛くなるぞ!?」

会長たちは渋い顔をして、静かに首を横へ振る。

「最初は難しく感じるかもしれませんが、慣れてしまえばけっこう簡単ですよ？　基本は剣術と同じ、体が覚えるまで何度もひたすら反復練習です」

剣を振るうとき、どこで力を抜きどのタイミングで体重を乗せるか。

コンマ一秒を争う剣戟《けんげき》の中、そんな複雑なことを考えている余裕はない。

だから、俺たち剣士はどんな姿勢からでも最高の斬撃を放てるよう、毎日毎日繰り返し素振りをして、その動きを体に覚え込ませる。

ルーレットの出目を操る技術も、根っこの部分では剣術と同じだ。

「なるほど……」

「そう言われてみれば、そうかもしれないわね」

「確かに剣を振るとき、難しいことは何も考えていないな」

親しみのある剣術というたとえが利《き》いたのか、三人は納得した様子で頷《うなず》いた。

「俺もできる限りのサポートをしますから、ちょっとだけ練習してみませんか？」

「……そうね……。アレンくんが横に付いていてくれるなら、なんだか不思議とできそうな気がしてきたわ！」

「アレン、よろしくお願いするわ」

「うし、とりあえずやってみるか！」

それから練習すること一時間。

「や、やったわ……！」

「できた！」

手先の器用な会長とリアは、早くもコツを摑《つか》んでいた。

「ぐぬぬ……。やっぱり難しいぞ、これは……っ」

大雑把なリリム先輩は、少し手こずっているようだが……。それでも、狙った数字の近辺に出目を寄せられるようにはなっている。

「アレン、これ本当に凄いわね！　あなた天才よ！」

「あはは、喜んでもらえて何よりだよ」

リアの嬉《うれ》しそうな笑顔を見ていると、こちらまで嬉しくなってくる。

「なるほど、確かにこれは技術と呼べるわね……」

会長は右手でルーレットを弄びながら、しみじみとそう呟《つぶや》く。

（ふぅ、よかった。技術とイカサマの違いについては、ちゃんと納得してもらえたみたいだな……）

俺がホッと胸を撫《な》で下《お》ろした次の瞬間、

「さて、それじゃアレンくんと条件が対等になったところで――」

「もう一度、人生ゲームを始めましょうか！」

「ふっふっふ、勝負はこれからだぜぃ！」

三人は意気揚々とゲームの準備に取り掛かった。

（じょ、冗談だろ……？）

この人生ゲームをやるのは、次でもう『四回目』になってしまう。

「あの、さすがに飽きてきませんか？　そろそろ別の遊びを……」

「いいえ。アレンくんに勝つまでは、ずっと飽きないわよ？」

「ヴェステリアの王女たるもの、惨《みじ》めに敗北したまま、おめおめと引き下がれるものですか！」

「ふっ、勝ち逃げは許さんぞ！」

彼女たちの目は完全に据《す》わっており、このままでは俺が負けるまで続きそうな勢いだ。

（いっそのこと、わざと負けてしまうか……？）

いや、それはさすがに駄目だ。

剣士の勝負は真剣勝負。ここで手を抜くことは、彼女たちを侮辱することになってしまう。

（こんなとき、いったいどうすればいいんだ……）

俺が頭を悩ませていると、

「――本機はこれより十分後、桜の国チェリンへ到着いたします。着陸の際は、シートベルトの着用をお願いいたします。繰り返します。本機はこれより十分後――」

これ以上ないほど完璧なタイミングで機内放送が流れた。

「そ、そうだ！　俺はローズとティリス先輩を起こしてきますね！」

「あっ、ちょっと⁉　待ちなさい、アレンくん！」

「まだ勝負は終わってないわよ⁉」

「もう一戦、せめて後もう一戦だけでも……！」

「あ、あはは……。それはまた別の機会にしましょう？」

こうして『人生ゲームの無限ループ』から脱出した俺は、飛行機の最奥《さいおう》にある仮眠室へ向かうのだった。

（……ふぅ、リアたちの負けず嫌いは筋金入りだな……）

機内の通路でホッと一息をつき、仮眠室へ移動する。

念のため、部屋の扉をコンコンコンとノックしてみたが――返事はない。

多分、二人ともまだぐっすりと眠っているのだろう。

「ローズ、ティリス先輩、入りますよ？」

少し大きな声でそう言ってから、ゆっくり扉を開けるとそこには――すやすやと規則的な寝息を立てる二人の姿があった。

（……よく寝てるな）

ローズは横向きの姿勢で、顔の前に両手を合わせながら、とても気持ちよさそうに眠っている。ベッドシーツにはほとんど皺《しわ》がなく、寝相はかなりいい方みたいだ。

その一方でティリス先輩は、顔を枕に押し当てながら眠っていた。ベッドシーツは皺《しわ》だらけだし、あまり寝相はよくないらしい。

「――ローズ、起きてくれ。そろそろチェリンに到着するぞ？」

肩を優しく揺すってあげると、

「ん、んん……っ」

彼女はゆっくりと上体を起こし、ポテリと女の子座りをした。

「ふわぁ……。……おはよぅ、アレン」

「あ、あぁ、おはよう……っ」

寝起きのちょっと無防備なローズには、普段とは違った色香《いろか》があり、胸の鼓動がドクンドクンと速まってしまう。

「着陸のときはシートベルトを付けないと危ないからさ、そろそろみんなのところへ戻ろう?」

「……うん、わかった……ありがと」

彼女はそう言って、まだしっかりと開いていない目を擦《こす》る。

「ティリス先輩も、起きてください。もうすぐチェリンに到着しますよ?」

「ん、ふわぁ……了解したんですけど……っ」

それから俺は、いまだ寝ぼけ眼の二人を連れて、リアたちの待つメインデッキへ戻るのだった。

十分後。

飛行機は無事に着陸し、桜の国チェリンに到着した。

俺たちはそれぞれの荷物を持って、飛行機から降りていく。

まばゆい太陽の光に顔をしかめながら、ゆっくりと目を開けるとそこには——一面の

『桜世界』が広がっていた。

「こ、これは……っ」

空を舞い散る美しい桜のはなびら・優しく暖かな太陽の光・春を感じさせる優しいにおい。そこには、人の心をがっしりと掴む『風情《ふぜい》』のようなものがあった。

(あぁ、確かにここはいいところだな……っ)

チェリンが世界的な観光地だということは、この地に降り立った瞬間に理解できた。

俺がそうして春の空気を胸いっぱいに吸い込んでいると、

「わぁ、綺麗《きれい》な桜……!」

「あぁ、今年もよく咲いたものだな……」

リアは眼前に広がる美しい景色に感嘆の息を漏らし、ローズは故郷の風を懐《なつ》かしむように呟いた。

「んー……っ。やっぱりここは、暖かくて気持ちがいいわね!」

「なんかこう、体を動かしたくなってくるな!」

「桜のいいにおいがするんですけど」

会長・リリム先輩・ティリス先輩は、大きく伸びをしながらチェリンの『春』を満喫する。

「――さて、それじゃまずは荷物を預けに行きましょうか。この近くにアークストリア家の別荘があるから、付いて来てちょうだい」

　会長は鼻歌交じりに歩き始め、俺たちはその後に続く。

（……桜の国チェリン、いいところだな……）

　暖かい気候に美しい桜、道行く人たちはみんな笑顔を浮かべている。

（俺が聖騎士か魔剣士になって、ちゃんと給金をもらえるようになったら、母さんも連れてきてあげたいな……）

　俺はぼんやりそんなことを考えながら、アークストリア家の別荘へ向かうのだった。

■

　自分の荷物を預けた俺たちは、桜の国チェリン巡りを開始する。

「――ヴェステリア王国ともリーンガード皇国とも違って、とても独特な街並みね！　ふふっ、なんだかワクワクしてきたわ！」

　リアは異国情緒あふれる景観に興奮し、

「……懐かしいな。あの駄菓子屋、まだやっているのか」

　すっかり眠気から覚めたローズは、優しげな表情でグルリと周囲を見回す。

「慣れ親しんだオーレストの街もいいけれど……。チェリンみたいに全く文化の異なる国へ行くのも、刺激があっていいわよね」

「まるで異世界に迷い込んだようなこの感覚、たまらなくゾクゾクするぜぃ！」

「異文化に触れるのは、海外旅行の醍醐味《だいごみ》なんですけど……！」

会長たちも異国の空気を堪能《たんのう》しており、とても楽しげな空気が流れる。

そんな中、俺はこの春合宿へ出発する前に読んだ、とある旅行雑誌の記事を思い出していた。

桜の国チェリンは四方を海に囲まれた孤島で、五大国『ポリエスタ連邦』を形成する小規模国家群の一つ。元々は誰一人として住んでいない無人島だったのだが……。島の南端に咲き誇る国宝『億年桜《おくねんざくら》』──その美しさに魅了された人々が続々と移り住み、やがて一つの国となったそうだ。

そういう歴史的な背景もあって、億年桜へ近付けば近付くほど、街はどんどん発展していくらしい。

（それにしても、ここには不思議な魅力があるな……）

ざっと周囲を見回すと、鉄骨造りはおろか石造りの家さえ見当たらず、古い木造建築ばかりが目に付く。

（一見すると、今にも倒壊しそうな建物ばかりに見えるんだけど……）

よくよく目を凝らせば、そこには木々の力強さや雄大さが備わっている。きっとこれが、独特な風情のようなものを生み出しているのだろう。

(しかし、本当に凄《すご》い人だ)

島の南端に位置する億年桜からは、まだかなり距離があるはずなのに、右を見ても左を見ても人・人・人。世界的な観光地ということもあってか、人種も衣装もバラバラの観光客たちが、通りのあちらこちらを闊歩《かっぽ》していた。

(商人の街ドレスティアとは、またちょっと違うな……)

あそこにあった華々しい活気とは、少し毛色が違う。

ここにあるのは、もっと穏やかで優しい感じの活気だ。

軽く五分ほど人混みを歩き、桜の国チェリンの空気を満喫したところで、先頭を進む会長がクルリと振り返った。

「ねぇみんな、『桜物《さくらもの》』を買いに行かない?」

「桜物って……確か桜模様の入った衣装のことですよね?」

「えぇ、よく知っているわね。ここ桜の国チェリンでは、桜模様の入った衣装――桜物を身に着ける慣《なら》わしがあるのよ。まぁ絶対ってわけじゃないんだけど、せっかく来たんだから思い出に、と思ってね。……どうかな?」

彼女はそう言って、コテンと小首を傾《かし》げた。

「はい、名案だと思います」

「私も賛成です！」

「故郷の慣《なら》わしだ。当然、異存はない」

「右に同じだぜい！」

「もちろん、大賛成なんですけど」

満場一致で桜物の購入を決めた俺たちは、ちょうど近くにあった『桜商店』という大きなお店に入ってみることにした。

「こ、これは凄いな……っ」

店内の各所に設置された桜の木の装飾品、天井から舞い落ちる桜のはなびら、そして何より――。

（桜煎餅《せんべい》・桜酒・桜扇子《せんす》・桜剣《さくらけん》・桜タオル……。もはやなんでもありだな）

右を見ても左を見ても桜・桜・桜――ありとあらゆる商品が、桜にあやかった特別仕様になっていた。

「うわぁ、凄い人だかりね……っ」

「随分と繁盛《はんじょう》しているな……」

リアとローズは、店内を埋め尽くさんとする人の数に圧倒されている。

「ふふっ、なんだかお祭りみたいで楽しいわね！」

「確かにそうだけど、この人混みの中、六人で行動するのは大変だぞ……っ」

「既にけっこう苦しいんですけど……」

リリム先輩とティリス先輩の発言を受けた会長は、少しの間「んーっ」と考えた後、ポンと手を叩《たた》く。

「それじゃ一旦このお店では自由行動にして、それぞれの桜物を買った後、外でお披露目会をするっていうのはどうかしら？」

「シィの案に賛成ー！」

「それがいいと思うんですけど」

こうして俺たちは桜商店の中で、それぞれ買い物をすることになったのだった。

■

「さて、何を買おうかな」

リアたちとは違って、俺には『お財布事情』という大きな制限がある。

（そう言えば、いくら持ってたっけ？）

懐《ふところ》からガマ口の財布を取り出し、こちらの戦力を確認しておく。

(手持ちはちょうど一万五千ゴルドか……)

これはこの春合宿で使える全財産であり、去年地方の剣武祭《けんぶさい》で獲得した優勝賞金の残りだ。

(……大事なお金だ。よく考えて使わないとな)

自軍の戦力を再確認したところで、いよいよ敵部隊の視察に入る。

(け、けっこうするなぁ……っ)

普通のシャツやちょっとしたハンカチでさえ、どれも軽く三千ゴルドを越えてくる。

きっと観光地価格というやつなんだろう。

(できるだけ安くて、いい感じの掘り出し物を見つけないとな)

店内を物色すること十分、ようやく条件に合致するものが見つかった。

(……よし、これに決めたぞ!)

淡い桜色の腕時計――二千ゴルド。

比較的お値段も控えめだし、見た目もいい具合にお洒落《しゃれ》な感じだ。

「すみません、この腕時計がほしいんですけど……」

「はい、かしこまりました」

店員さんにお金を支払い、無事に自分の桜物を買うことができた。

（これでよしっと。後はみんなの買い物が終わるまで、店内を軽く見て回ろうかな）

人の流れに沿って通路を進んでいると、みんなの姿が目に入った。

ローズは真剣な表情で扇子とにらめっこしており、会長は楽しそうに帽子を試着中、リリム先輩はノリノリでサングラスを物色し、ティリス先輩は小物入れに目を向けている。

そんな中、

（……リア？）

彼女は一人難しい表情をして、とあるガラスケースをジーッと覗《のぞ》き込んでいた。

（かなり集中しているけど、何を見つめているんだろう……？）

リアの視線を追っていくとそこには――桜色に輝く美しい指輪があった。

（桜色の指輪。一万ゴルド、か……）

高い。

……いや、あれが指輪ということを考慮すれば、一般的にはかなり安いと言えるだろう。

ただ、俺の金銭感覚と懐事情からすれば、一万ゴルドという値段はとてつもなく高い。

（だけど、なんであんなに難しい顔をしているんだ？）

リアはヴェステリア王国の王女様であり、俺なんかとは比べ物にならない、超が付くほどの大金持ちだ。

（一万ゴルドなら、悩むこともなさそうなんだけどな……）

ぼんやりそんなことを考えていると、突然、脳裏に電撃が走った。

（そう言えば昔、ポーラさんが言っていたぞ……っ）

あれは確か、彼女の誕生日のことだ。

当時十二歳だった俺は、『日頃お世話になっているお礼に』と、ポーラさんへエプロンをプレゼントする計画を立てた。

（ちょっと遠出をして、隣町まで探しに行ったんだけど……。二メートル以上の特大サイズが見つからず、慣れない人混みの中で困り果てていったっけか）

あのときの不安な気持ちは、今でもはっきりと覚えている。

朝方から夕暮れ頃までひたすら探し回ったものの、サイズの合ったエプロンは全く見つからず……。結局、太陽が沈み出した頃に、近くのお店で一番大きいエプロンを買うことになった。

しかしそれは、ポーラさんの巨体と照らし合わせれば、一目で小さいとわかるものだ。

そしてその晩、サイズの合っていないエプロンを受け取った彼女は――それはもう大喜びして舞い上がった。

不思議に思った俺が「そんなに高いものじゃありませんし、サイズなんて全然合っていない……。それなのに、どうしてそんなに喜んでくれるんですか？」と聞いたところ、ポーラさんは迫力のある笑顔でこう言った。

【いいかい、アレン？　女の子ってのはね、『プレゼント』に滅法弱い生き物なんだよ。そうさねぇ……将来あんたに想《おも》い人ができたそのときは、気持ちの籠ったプレゼントを贈るといい。大事なのは値段や見てくれなんかじゃない、その人を想う真心《まごころ》だよ！】

もしかしたら……今この瞬間こそが、ポーラさんの言っていた『そのとき』なのかもしれない。

三年前の助言を思い出した俺は、ひとまず探りを入れてみることにした。

「――なぁ、リア」

「うひゃぁ!?　あ、アレン……いつの間に!?」

リアは素《す》っ頓狂《とんきょう》な声をあげ、両手を胸にあてた。

どうやら、少し驚かせてしまったようだ。

「悪い。難しい表情をしているのが見えたから、ちょっと気になってさ」

「そっか……。ありがと、なんでもないから大丈夫よ」

彼女はそう言って、ほんの一瞬だけ桜色の指輪に視線を送った。

俺はその刹那《せつな》を見逃さず、さりげなく話を振ってみる。

「その指輪、綺麗《きれい》だな」

「え……。ぁ、う、うん……っ」

急に指輪の話を振られたリアは、しどろもどろになりながらコクリと頷《うなず》いた。

「……」

「……」

二人の間に、なんとも言えない沈黙が降りる。

(ぐっ、これはどうなんだ⁉ 俺はいったいどうすべきなんだ……⁉)

押すべきか、退《ひ》くべきか。

(万が一、プレゼントを贈ろうとして断られてしまったら……?)

そう考えるだけで、背筋に冷たいものが走る。

だけど……。

(男として、ここで逃げたら駄目だろ!)

今こそ、勇気を振り絞って『勝負』に出るべき局面だ。

臆病風に吹かれる自分を叱り付け、大きな一歩を踏み出す。

「その指輪、欲しいのか?」

「えーっと、それはその……っ」

リアは大きく目を見開いた後、もごもごと口籠り――最終的には見上げるように、視線だけをこちらへ向けた。

（この反応、間違いない！）

思った通り、今この瞬間が『決戦の時』のようだ。

（よし、やるぞ……っ）

俺は覚悟を決め、大きく息を吐き出し――はっきりと告げる。

「もしリアさえよかったらなんだけど……。その指輪、君にプレゼントさせてくれないか？」

「ほ、ほんとにいいの……!?」

彼女はその大きな瞳をキラキラと輝かせ、勢いよくこちらへ身を乗り出した。

「あぁ。いつもご飯を作ってもらったり、いろいろとお世話になっているからな。ちょうど何かお礼がしたいと思っていたんだ」

「や、やった……っ。アレンが、私にプレゼントを……！」

彼女は胸の前で両手をギュッと握り、嬉《うれ》しさを爆発させた。

（……よかった）

まさかここまで喜んでくれるなんて、思ってもいなかった。

（こんなに幸せそうなリアを見られたんだ。一万ゴルド以上の価値はあったな）

大きな充実感が、お腹《なか》の底から込み上げてくる。

それから俺は手の空いている店員さんにお願いして、ガラスケースに入った指輪を取り出してもらう。なんでもこれはかなりの人気商品らしく、展示されているものが最後の一個、それにサイズもぴったりだった。

「今日はついてるな、リア」

「うん！」

二人で一緒にレジへ並び、代金を払おうとすると――。

「――あら、彼女さんへのプレゼントですか？」

三十歳ぐらいの落ち着いた雰囲気の女性店員さんが、優しげな表情でそう問い掛けてきた。

「え、あっ……いや、それはまだ……っ」

「……っ」

俺が返答に困っていると、リアは頬を赤くしながらスッとこちらへ身を寄せた。

その様子を見た店員さんは、「あぁ、なるほど……」と意味深に微笑《ほほえ》む。

「ふふっ、うまくいくように願っていますよ」

女性店員さんはそう言って、指輪の入った白い小箱を手渡してくれたのだった。

■

一旦店の外に出た俺とリアは、人通りの少ない路地裏へ移動する。

誰かに見られながらプレゼントを渡すのは、さすがにちょっと気恥ずかしかったのだ。

(――よし、ここなら誰もいないな)

周囲に誰もいないことをしっかりと確認し、大きく息を吐き出す。

プレゼントを渡すこの瞬間だけは、男としてしっかりと決めたい。

(さて、やるか……っ)

「――リア。いつもいろいろと助けてくれてありがとう。もしよかったら、この指輪を受け取ってくれないか？」

そうして指輪の入った白い小箱を差し出すと、

「アレン、ありがとう……っ。私、とっても嬉しいわ……！」

彼女は満面の笑みを浮かべながら、両手でそれを受け取ってくれた。

「ねぇ、開けてもいい？」

「あぁ、もちろんだ」

「それじゃ早速……っ」

期待に胸を膨らませたリアが、ゆっくり小箱を開けると——桜色の輝きを放つ、美しい指輪が現れた。

「……綺麗……」

彼女は親指と人差し指で指輪を摘まみ、小さな吐息を漏らす。

しかし、その直後——リアは指輪を元の場所へ戻し、小箱ごとこちらへ返してきた。

「ど、どうしたんだ……？」

どこか気に入らないところでもあったのだろうか？

俺が不安と焦燥に駆られていると、

「も、もしよかったら……。つけてもらってもいいですか……？」

リアは顔を赤くしながら、左手をスッとこちらへ突き出した。

「……っ」

その色艶《いろつや》のある言葉遣いと仕草に、胸の鼓動が一瞬にして速まる。

「あ、あぁ……もちろんだ」

俺は決して落とさぬようそっと指輪を摘まみ、リアの細くて綺麗な人差し指に通した。

「ありがとう、アレン。この指輪、一生の宝物にするわね」

彼女はこれまでで一番幸せそうな表情で、桜色の指輪を愛おしそうに撫《な》でるのだった。

指輪のプレゼントに成功した後、俺とリアは桜商店の前に戻る。

そこには既にローズ・ティリス先輩・リリム先輩が集まっており、たった今ちょうど店から出たばかりの会長が合流するところだった。

「ごめんなさい、ちょっと待たせちゃったかしら？」

彼女は小走りで駆け寄りながらそう言うと、リリム先輩とティリス先輩は首を横へ振る。

「いや、私たちもついさっき終わったところだ」

「ばっちりのタイミングだったんですけど」

「ふふっ、それならよかった。では早速、お披露目会をしましょうか！」

こうして桜物の見せ合いっこが始まった。

ローズは、優美な桜のはなびらが描かれた扇子《せんす》。

会長は、桜色のリボンが巻かれた可愛《かわい》らしい麦わら帽子。

リリム先輩は、フレームに桜吹雪の舞った渋いサングラス。

ティリス先輩は、桜の大樹がモチーフになった小物入れ。

みんなそれぞれセンス抜群で、とてもよく似合っている。

そしていよいよ、俺の番が回ってきた。

「アレンは、桜色の腕時計ね。——うん、とってもかっこいいと思うわ！」

「そうだな、特にベルトの色合いが絶妙だ」

リアとローズは手放しに褒め、

「あら、いいじゃない。よく似合っていると思うわ」

「派手過ぎないところが、アレンくんらしいな！」

「さりげなくお洒落《しゃれ》な感じなんですけど」

会長たちも嬉しいことを言ってくれた。

「あはは、ありがとうございます」

値段こそ二千ゴルドと控えめながら、みんなからの評判は上々。やっぱりこの腕時計は中々の掘り出し物だった。

俺のお披露目が終わったところで、みんなの視線は最後の一人――リアの方へ向けられる。

「リアの桜物は……指輪か。これは美しいな」

ローズは感嘆《かんたん》の息を漏らし、

「素敵な指輪ね。淡い桜色が凄《すご》く綺麗だわ」

「まるでどこかのお姫様みたい……って、ヴェステリアのお姫様だったな！」

「とてもよく似合っているんですけど！」

会長たちも絶賛の声をあげる。

「え、えへへ……ありがとうございます」

みんなからたくさん褒められたリアは、ちょっと気恥ずかしそうに微笑んだ。

すると次の瞬間――ローズと会長は、何故《なぜ》か揃《そろ》って息を呑《の》む。

「リア、もしかしてその指輪は……っ」

「まさかとは思うけれど、アレンくんからのプレゼントかしら……？」

「は、はい。実はそうなんです」

リアは頬を朱に染めながら、嬉しそうにコクリと頷いた。

「「……っ⁉」」

直後、ローズと会長は大きくのけぞり、

「お、おぉ……っ⁉」

リリム先輩とティリス先輩は、鼻息を荒くして身を乗り出す。

（な、なんだ……？）

突如発生した不思議な空気に困惑していると、ローズと会長が熱の籠った視線をこちらへ向けてきた。

「アレン。こんな風に自分からねだるのは、少々おかしな話かもしれないが……。私も欲しいぞ。お前からのプレゼントが……」

「お姉さんも欲しいかなぁ……なんちゃって……」

「え、えーっと」

ローズには、これまでいろいろと助けてもらっている。

リアが黒の組織に囚《とら》われたときも、会長を奪還するために神聖ローネリア帝国へ向かったときも、いつだってその力を貸してくれた。

会長には夏合宿でヴェネリア島・春合宿で桜の国チェリンに連れて来てもらっているし、なんだかんだ言って、千刃学院でもお世話になっている。

そんな二人へプレゼントを贈るのは全く構わない。いや、むしろ積極的に渡したいぐらいなんだが……。

「すみません。今はちょっと手持ちが厳しいので、また別の機会でもいいでしょうか？」

悲しいかな。俺の財布には、もう三千ゴルドしか残っていない。

ここから二人へのプレゼントを買うのは、とても現実的な話じゃないだろう。

すると――。

「別の機会ならばもらえるのか⁉」

「本当にいいの⁉」

ローズと会長は、凄《すさ》まじい食い付きを見せた。

ポーラさんの言っていた通り、女の子は本当にプレゼントが大好きなようだ。

「はい、もちろんですよ」

「そ、そうか……!」

「いやった!」

プレゼントの確約を得た二人は、嬉《うれ》しそうにグッと拳を握る。

(しかし、ちょっと困ったな……)

プレゼントをするとは言ったものの、寮に戻ってもお金はほとんどない。

(帰ったら、バイトでも始めるか? それともどこかの剣武祭《けんぶさい》に出場して、賞金を狙ってみるか?)

ぼんやりそんなことを考えていると、飛び切り上機嫌な会長がパンと手を打ち鳴らす。

「——みんな思い思いの桜物を手に入れたところで、チェリン巡りを再開しましょうか!」

彼女はそう言って、懐《ふところ》から可愛らしい手帳を取り出した。

「とりあえず、国宝の『億年桜』を目指しながら、観光名所を回っていくのはどうかしら? 道すがら、食べ歩きなんかもいいかもしれないわね」

「食べ歩き！　いいですね！」

『花より団子』を地で行くリアは、目をキラキラと輝かせる。

その一方、ローズは難しい表情を浮かべた。

「食べ歩きをしながら、観光スポットを巡るとなると……。億年桜に着く頃には、昼時を回ってしまうな」

「お昼を回ると、何かまずいことでもあるのか？」

俺の問い掛けに対し、彼女はコクリと頷《うなず》いた。

「億年桜の周りでは、年中盛大な花見が開かれていてな。早朝から熾烈《しれつ》な場所取り合戦が行われるのが常だ。正直、今から行ったとしても端の方に座れれば万々歳。昼時を回るとなれば、立ち見を覚悟することになるだろう」

「それはちょっと辛《つら》いな……」

俺たちがそんな話をしていると、会長がすぐにその不安を消し飛ばしてくれた。

「大丈夫、その点については心配ご無用よ。アークストリア家の使用人が、現地でもう場所取りを済ませているの。それに食材や飲み物、遊び道具なんかも準備してあるわ」

「な、なんだか至《いた》れり尽《つ》くせりで申し訳ないですね」

移動手段・宿泊場所・場所取りに食べ物の準備まで、全てアークストリア家に面倒を見てもらっている。嬉しい反面、なんだかちょっと申し訳ない気持ちになってきた。

「ふふっ、気にしないで。今回はお父さんがえらく張り切っちゃってね。『娘の命を救ってくれた恩人たちだ。アークストリア家の誇りと威信にかけて、最高のおもてなしをせよ！』って、うちの使用人たちに厳しく言い付けているのよ。だから、アレンくんたちは思う存分に楽しんでちょうだい」

「なるほど、そういうことでしたか」

ロディスさんは会長のことを溺愛《できあい》しており、俺たちが政略結婚を潰した一件について深く感謝していた。この春合宿には、そのお礼の意味も含まれているらしい。

（せっかくのご厚意だし、今回はありがたく甘えさせてもらおうかな）

俺がそんなことを考えていると、

「――さて、そろそろ行きましょうか！」

会長が元気よく声を上げ、桜の国チェリン巡りが始まった。

それから俺たちは、現在地から最も近い観光名所――桜月堂《おうげつどう》というお寺へ足を運んだ。

その目的は、境内で焚《た》かれた桜線香《さくらせんこう》。

なんでもその煙をかぶれば、頭がよくなるという言い伝えがあるらしい。

この中で一番成績の悪いリリム先輩は、張り切ってそこへ向かい――何故かその煙を胸いっぱい吸い込んで、当然のように激しくむせ返った。

いったい何故そんな奇行に及んだのか聞いてみると……。

「頭からかぶるだけじゃ、ちょっと足りないと思ったんだよ。やっぱり御利益《ごりやく》ってのはこう……全身で受けないとな！」

などと、およそ常人では理解できない供述を残した。

残念だけど、桜線香の効き目は薄いと思われる。

次に向かったのは、二本の大樹が寄り添い合ってできた『円縁桜《えんえんざくら》』。

ここは『縁結び』の効果があるパワースポットらしく、リアとローズと会長はしばらくこの場から離れたがらなかった。

そんな三人に対し、悪戯《いたずら》好きなリリム先輩とティリス先輩がニヤニヤとちょっかいを入れて……それはまぁいろいろと大変だった。

こうして何か所か有名な観光スポットを巡った後、桜の国チェリンの名物『桜餅』の販売店を訪れた。

店の名前は『チェリンの餅屋』。

ローズの話によると、創業五百年を超える老舗《しにせ》中の老舗らしい。

俺たちはそこで一個ずつ、桜餅を頼んだのだが……。

（……絶対におかしい。いったいどうしたんだ⁉）

世紀の大喰《おおぐ》らいであるリアが、桜餅を『たったの十個』しか注文しなかったのだ。

（どこか具合でも悪いのか、それとも気分が優れないのか……）

心配で心配でたまらなくなり、「どうして、たったの十個なんだ？」と聞いてみた。

すると――。

「本当はもっとたくさん食べたいんだけど……。今はみんなで食べ歩き中だから、持ち歩ける量だけにしておいたのよ」

彼女はそう言って、いつも通りの元気な笑顔を見せてくれた。

「そうか、それならよかった」

どうやら俺の心配は、ただの杞憂《きゆう》に過ぎなかったようだ。

観光名所を巡り、異文化の慣《なら》わしを体験し、異国の名産品を堪能《たんのう》した俺たちは――ついにたどり着く。桜の国チェリンの南端、そこに咲き誇る国宝『億年桜』へ。

「……凄い……」

眼前に広がるのは、一面の『桜化粧』。

色鮮やかな桜吹雪が、世界を桜色に染めていた。

（これが国宝『億年桜』、か……）

黒々とした幹は太ましく、たとえ大人百人が手を繋《つな》いだとしても、この大樹を囲うことはできないだろう。幹の下から降りた強靱《きょうじん》な根はしっかりと大地を摑《つか》み、その樹高は天まで届くのではないかと錯覚してしまうほどに高い。そして何より、太陽に照らされた桜のはなびらは、まるで宝石のように美しかった。

雄大な自然の力と時の重みを感じさせるこの大樹は、まさに『世界最高の桜』と呼ぶにふさわしいだろう。

「うわぁ、綺麗《きれい》……っ」

億年桜を見たリアは感動のあまり息を吞み、

「何度見ても、やっぱり凄《すご》いわねぇ」

「あぁ、永遠に見ていられるな！」

「時間が経《た》つのを忘れてしまうんですけど」

会長・リリム先輩・ティリス先輩も、その美しさに心を奪われていた。

しかしそんな中、ローズだけは悲しげな表情を浮かべている。

「また少し、弱ってしまったな」

（……弱った？）

それは桜に対する表現として、ちょっと引っ掛かりのあるものだ。

(ローズ、なんだかちょっと元気がなさそうだな。どうしたんだろう?)

彼女に声を掛けようかどうか迷っていると――厳《いか》めしい黒服の集団が、ゆっくりこちらへ近付いてくるのが見えた。

(黒の組織……じゃないな。衣装が全然違う。となると、彼らはいったい何者だろうか?)

音のない歩法と重心を読ませない姿勢からして、間違いなく一般人じゃない。厳しい修業を積んできた剣士の集団だ。

俺はいつでも『闇』を展開できるようにしつつ、腰に差した剣へスッと右手を伸ばす。

すると――。

「――お待ちしておりました、お嬢様」

会長の前でピタリと足を止めた黒服たちは、一糸乱れぬ完璧な動きで深々と頭を下げた。

「あら。まだ『合図』も出していないのに、よく私たちの居場所がわかったわね」

「『アレン様御一行へは、最高のおもてなしを』、とロディス様より申し付けられております故、常に全方位へ意識を向けておりました」

集団の先頭に立つ老紳士は、はきはきとした口調で返答する。

(なるほど、そういうことか)

どうやらこの人たちは、アークストリア家の使用人らしい。

「既に別の隊が、場所取りを済ませております。さっ、どうぞこちらへ」

その後、使用人の方々に案内され、花見客でごった返しになった空き地を進んで行くと、

（おぉ、これはまさに絶好の位置取りだな……！）

真正面に億年桜を捉えた完璧な場所に、アークストリア家の立て札と大きなレジャーシートが敷かれてあった。

「――それではお嬢様、私共はこの辺りで失礼させていただきます。何かございましたら、こちらの小型無線機でお呼びくださいませ」

集団の先頭に立つ老紳士はそう言って、会長へ黒い無線機を手渡す。

「えぇ、どうもありがとう」

「とんでもございません。どうか楽しいひと時をお過ごしくださいませ」

彼らは深々と頭を下げ、歩き去っていった。

（それにしても、本当に至れり尽くせりだな……）

レジャーシートの上には、いかにも高そうな三段重ねのお弁当箱が六つも並んでいる。

しかもその隣には、おしぼり・割り箸・紙のお皿とコップ、さらには水・お茶・果実水と様々な飲み物まで完備されていた。

どこに出しても恥ずかしくない、完璧なお花見セットだ。

「さて、それじゃ始めましょうか！」

会長の元気な号令のもと、俺たちはそれぞれ動き出した。

おしぼりで綺麗に手を拭き、紙コップに好きな飲み物を注いでいく。

俺とローズと会長は、保温瓶《ほおんびん》に入った温かいお茶。

リアとリリム先輩とティリス先輩は、それぞれ好みの果実水。

割り箸と紙のお皿が、みんなの手元に行き渡ったところで、いよいよお弁当箱を開く。

そこには――おにぎりやサンドイッチ、一口サイズのから揚げや玉子焼き、サラダに色とりどりのフルーツとたくさんの料理が詰まっていた。

「おぉ、これは豪華だな……！」

俺がそんな感想を口にすると、

「お、おいしそう……！」

「色合いも申し分ないな」

リアとローズは興奮した様子でそう呟《つぶや》き、

「ふふっ、いい出来栄《できば》えね」

「うぉおおお！　もはや我慢ならんぞ！」

「お腹《なか》ぺっこぺこなんですけど……！」

会長たちもキラキラと目を輝かせる。

「「「「「――いただきます！」」」」」

みんなで両手を合わせて、賑《にぎ》やかで楽しいお花見が始まった。

『花より団子』のリアとリリム先輩は、

「あっ!?　ちょっと、リリム先輩！　それ、私のお肉ですよ!?」

「ふっふっふっ、甘いぞ！　こういうのは早い者勝ちだぁ！」

「くっ、負けません！」

二人で争いを繰り広げながら、所狭しと並んだ料理を取り合っている。

一方のローズとティリス先輩――『朝に弱いコンビ』は、どこか波長のようなものが合うのだろうか。

「やはり桜は美しいな……」

「ずーっと見ていられるんですけど」

満開の億年桜を見上げながら、しみじみとサンドイッチをかじっていた。

俺はそんな楽しげな光景を横目に、温かいお茶をする。

（あぁ、平和だなぁ……）

激動の一年を乗り越えた、『ご褒美《ほうび》』とでも言えばいいのだろうか。

ここ一か月ほどは、静かで落ち着いた時間を過ごせている。

(……だけど、もうそろそろ限界だ……っ)

俺は今日、まだ一度も剣を振っていない。

(リーンガード皇国から桜の国チェリンへ、もう十時間以上になるだろうか……)

意識がしっかりしていながら、十時間以上も素振りをしない。

はっきり言って、これは異常事態だ。

強烈な『素振り欲』がドクンドクンと脈を打ち、一瞬でも気を緩めようものならば、衝動のままに剣を引き抜いてしまいそうだった。

(でも、さすがにそれはマズい……っ)

みんなが花見を満喫している中、一人黙々と剣を振るのは……常識的にどうかと思われた。『空気が読めない』にも、限度というものがあるだろう。

それに何より、他の花見客の迷惑になってしまう。

(しかし、この衝動をどうすれば……ッ)

体が素振りを求めている。

いやもしかしたら、素振りの方が俺のことを求めているのかもしれない。

（ふぅー……落ち着け、落ち着け。こういうときは、何か素振り以外のことを考えるんだ）

大きく深呼吸をして、頭から剣術のことを消し去ろうとしていると――頭の上にひらひらと桜のはなびらが降り落ちた。

（それにしても……本当に綺麗だな）

鮮やかな億年桜を見ていると、強烈な素振り欲もちょっとずつ収まってきた。

「――ねぇアレンくん。隣、いいかしら？」

いつの間にか左隣に立っていた会長が、可愛《かわい》らしく小首を傾《かし》げる。

「ええ、どうぞ」

俺はコクリと頷《うなず》き、レジャーシートに散らばったはなびらを軽く手で払うと、

「ふふっ、ありがと」

彼女は柔らかく微笑《ほほえ》み、ゆっくりとそこに腰を下ろす。

「んー……っ。お日様が本当に気持ちいい。今日は絶好のお花見日和ね」

「天気予報によると、これから一週間はずっと晴れるみたいですよ。今回の春合宿は、最高のタイミングで来られましたね」

「それもこれも、お姉さんの日ごろの行いがよかったからでしょうねぇ」

会長はそう言って、「うんうん」と頷く。

「あはは、そうかもしれませんね」

「むっ、今冗談だと思ったでしょ？」

「さて、それはどうでしょうか？」

そんな他愛もない冗談を交わした後――俺たちはどちらからともなく、億年桜を見上げた。

「……億年桜、本当に綺麗ねぇ」

「ええ、そうですね」

その後、

「……」

「……」

幾《いく》ばくかの時が流れ、二人の間に沈黙が訪れる。

しかしそこに、息苦しさや居づらさはない。

同じ桜を見上げ、同じ感動を抱き、同じ時間を共有する。

とても静かで、とても穏やかで、とても幸せな沈黙だ。

それから俺と会長は、揃《そろ》って温かいお茶に口を付け――。

「「ふぅ……」」

二人同時にホッと息を吐き出した。

「もう、真似《まね》しないでくれるかしら？」

「ふふっ、会長の方こそ」

なんとも言えないおかしさを感じ、お互いにクスクスと笑い合う。

「でも、本当にここは平和ね」

「そうですね。嵐の前の静けさじゃなければ、いいんですけど……」

「もう、そんな怖いことは言わないでちょうだい」

会長はそう言って、俺の脇腹をぐりぐりと肘で突《つつ》く。

「あはは、すみません」

俺は苦笑を浮かべ、手元の紙コップに口をつけた。

（でも実際これから、どうなっていくんだろうな……）

近年の国際情勢は、かつてないほどに不安定だ。

新聞やラジオでは連日のように黒の組織のニュースが流れ、実際に俺は何度も奴等《やつら》と斬り合ってきた。

（それに……この平穏な時間の裏では、世界規模の極秘会談が開かれているんだよな）

会長の話によれば、天子様やロディスさんなどの各国首脳陣や人類最強の七剣士――『七聖剣《しちせいけん》』が四人も出席する途轍《とてつ》もなく大きな会談らしい。

その議題は、『神聖ローネリア帝国への対応』。

（帝国と即時開戦するのか、しばらく様子を見るのか、それともまた別の方策を探っていくのか……）

今やもう、いつ五大国と神聖ローネリア帝国の『全面戦争』が始まるかわからない状況だ。

（……もっと強くならないとな）

謎に包まれた神聖ローネリア帝国の皇帝バレル＝ローネリア。

セバスさんをはじめとした皇帝直属の四騎士。

呪法《じゅほう》という恐ろしい力を操り、帝国と手を結んだ魔族。

これからの敵は、今までよりもきっと遥《はる》かに強い。

（リアやみんなを守るためには、『力』が必要だ……）

そのためにはやはり、地道に素振りを続けるしかないだろう。

俺がこれから先のことを考えていると、

「――アレンくん、温かいお茶はいかがかしら？」

保温瓶を手にした会長が気を利《き》かせてくれた。

「あっ、ありがとうございます」

せっかくお茶を汲《く》んでもらったので、温かいうちにゴクリと口へ含む。

「あぁー……っ」

そうして白い息を吐き出すと、

「ふふっ」

こちらを横目で見ていた会長が、何故《なぜ》かクスリと笑った。

「どうかしましたか？」

「うぅん、なんでもない。ただちょっと、アレンくんの仕草がお爺《じい》ちゃんみたいだなぁって、思っちゃったのよ」

「あぁ、なるほど。……でも、もしかすると本当にお爺ちゃんかもしれませんよ？」

実年齢こそ十五歳だが、精神年齢は十数億と十五歳。

お爺ちゃんどころか、もはや『仙人』の領域に足を踏み入れているかもしれない。

「もう、お姉さんより年下なのに何を言っているのかしら？」

「あはは、ちょっとした冗談ですよ」

しばらく会長と談笑した後は、リアやローズたちも交えてみんなで花見を楽しむ。

（あぁ、こんな幸せな時間がいつまでも続けばいいのになぁ……）

俺はそんな感慨《かんがい》にふけりながら、ゆっくりと温かいお茶をすするのだった。

■

六個もあった三段重ねのお弁当も全て空になり、お花見は大盛況のうちに幕を閉じた。

「いいお花見だったな」

俺がそんな風に話を振ると、

「えぇ、とってもおいしかったわ！」

「やはり故郷の桜が一番だな」

リアとローズは二人らしい返答をし、

「ふふっ、みんなに楽しんでもらえて本当によかったわ」

春合宿の主催者である会長は、どこか安心したように微笑み、

「いやぁ、食った食った！　いつもの三倍はうまく感じたぞ！」

「また来年も、みんなで一緒に来たいんですけど！」

リリム先輩とティリス先輩は、とても満足気に笑った。

そうして楽しく感想を交換し合い、ほどよい時間になったところで、

「さて、眼《め》もお腹《なか》も肥えたところで――次は遊びましょう！」

会長はレジャーシートの端で重石《おもし》にしていた袋を開き、その中からフリスビー・バドミントン・バレーボールなど様々な遊び道具を取り出した。

「ここで遊ぶのは、さすがにちょっと難しくないですか？」

周囲はたくさんの花見客で埋まっており、とてもじゃないが遊べるスペースはない。

「心配無用よ。実は億年桜の裏手には、小さな孤島があってね。今からそこに移動して、満開の桜を見ながら遊ぼうと思うの」

「へぇ、そんないい場所があるんですか」

「ええ。しかも、なんとそこは無人島！　どれだけ騒いでも、誰にも迷惑を掛けることはないわ」

「それはいいですね」

俺は『人よりも家畜の数が遥かに多い』ゴザ村の出身ということもあって、あまり人混みが得意じゃない。

（最近はオーレストの街で生活しているから、ちょっとずつ耐性は付いてきたんだけど……）

世界的な観光地である桜の国チェリンレベルの人混みは、さすがにちょっとしんどかった。

実際、さっきから少し『人酔い』の症状が出始めている。

このタイミングで無人島へ行けるのは、正直とてもありがたい。

「無人島……なんか心が躍る響きだな！」

「今日のシィは、名案の連発なんですけど」

リリム先輩とティリス先輩が賛同する一方、リアは「んー……？」と唸《うな》り声をあげた。

「億年桜の裏側って、とても好立地だと思うんですけど……。どうしてそこは無人島なんですか？」

彼女の素朴な疑問には、ローズが答えた。

「あの周辺は、特別潮の流れが速くてな。生半可な船では、あの島へ上陸することはかなわないんだ。かつて滑走路を建設して空路を整えることも計画されたが、『そこまでするほどの経済的価値はない』と政府から放置された経緯がある」

「へぇ、随分と詳しいのね」

「まぁ一応、十歳まではこの国で育ったからな」

リアの疑問が解消したところで、今度は逆にローズが問いを投げ掛けた。

「しかし、どうやってあの島へ移動するつもりなんだ？　海路・空路・陸路、全て使えないのだが……」

「ふふっ、ちゃんと『秘密兵器』を用意してあるから大丈夫よ。早速準備するから、ちょっと待っててね！」

会長は上機嫌にそう言うと、鞄《かばん》から取り出した小型の無線機を起動する。

「――私よ。悪いんだけれど、億年桜の東海岸に『アレ』を運んでもらえるかしら？……ええそうよ、ちゃんと六人分よろしくね」

そうしてアークストリア家の使用人へ連絡を入れた会長は、

「さっ、行きましょうか」

とてもいい笑顔を浮かべて、鼻歌まじりに歩き始めるのだった。

■

俺たちは会長の後に付いてしばらく進み、億年桜の東側にある海岸へ到着。

そこには透き通るように綺麗《きれい》な海と真っ白な砂浜が広がっていた。

しかし、遊泳客《ゆうえいきゃく》はただの一人としていない。

それというのも、

（けっこうな白波《しらなみ》だなぁ……っ）

ローズの言っていた通り、潮の流れがとても速かったのだ。

これでは泳ぐことはおろか、船を出すことさえ難しいだろう。

俺が荒れた海面を見つめていると、

「――あっ、見て見てアレン！　あの貝、とっても大きいわよ！」

リアは興奮した様子で、砂浜に埋まった大きな巻貝《まきがい》を指差した。

「おぉ、これは凄《すご》いな」

このままインテリアの一つとして飾れそうなぐらい、立派でお洒落《しゃれ》なものだ。

「それは『ラズール貝』だな。バターを載せて蒸し焼きにすると絶品だぞ。昔はよく、修業終わりにお爺様と一緒に食べていたっけか……」

ローズがどこか遠い目をしながら、昔の懐《なつ》かしい記憶を思い返していると、

「貝、バター……蒸し焼き……！」

食欲に支配されたリアは、ギラついた目を砂浜へ向ける。

「さ、探しましょう！　他にもまだまだあるはずよ！」

「いや、ついさっき特大のお花見弁当を食べたばかりだぞ？　それに今見つけたとしても、すぐには食べられないと思うんだけど……」

「大丈夫！　私の〈原初の龍王《ファフニール》〉なら、いつでもいい具合に蒸せるわ！」

そんな風に俺たちが砂浜で騒いでいると、前方から黒服の一団が――アークストリア家の使用人が現れた。

　彼らはみんな台車を押しており、そこには一メートル四方ほどの大きな物体が載せられている。謎の物体には灰色のシートが被《かぶ》せられていて、中身を窺《うかが》い知ることはできないが、それなりの重量はありそうだ。

「会長、あれはなんですか……？」

「ふふっ、この春合宿における『お楽しみ』よ！」

「そう言えば……。出発する前にも、そんなことを言っていましたね」

「ふふっ、きっとみんなびっくりするわよ？」

　彼女は悪戯《いたずら》っ子のように微笑《ほほえ》み、使用人たちへ大きく手を振った。

「おーい、こっちこっちー！」

「お嬢様、大変長らくお待たせいたしました」

　初老の使用人は台車から手を離し、優雅な所作でお辞儀をする。

「ありがとう、助かったわ」

「とんでもございません。ただ……こちらの機体は安全試験こそクリアしておりますが、危険なものであることに違いはございません。お取り扱いには、くれぐれもご注意くださいませ」

「ありがと。でも、大丈夫よ。ここにいるみんなは、そんな柔《やわ》な体をしていないわ」

「左様でございましたか。出過ぎた発言をお許しください。――それではみなさま、快適な『空の旅』をお祈りしております」

初老の紳士はそう言うと、黒服の集団を率いて去っていった。

「「「……空の旅？」」」

俺たちが首を傾《かし》げると同時、会長は勢いよく灰色のシートを剝《は》ぎ取った。

「じゃじゃーん！　超小型飛翔滑空機《ひしょうかっくうき》――通称『飛空機《ひくうき》』よ！」

飛空機と呼ばれたその機械は、尻尾のない蜻蛉《とんぼ》のような形をしており、よく見れば両サイドに羽のようなものが折りたたまれている。

「なんですか、その奇妙な機械は……？」

「簡単に言うと、消音性《しょうおんせい》の高い、一人用の超小型飛行機ね」

会長はピンと人差し指を立て、詳しい説明を始めた。

「これは『剣士の移動手段』として、神聖ローネリア帝国が製造・量産したものなの。開発者は『魔具師《まぐし》』ロッド＝ガーフ。外見・性別・年齢――全てが謎に包まれた帝国の超天才科学者ね」

「魔具師ロッド＝ガーフ……」

そう言えば……。

（帝国へ乗り込んだあのとき、ザクがその名前を口にしていたっけか……）

　二か月前のことを思い返している間にも、会長は話を先へ進めていく。

「初めてこの飛空機が実戦投入されたのは、今年の一月一日。帝国が魔族と手を組み、五大国を強襲したあの日よ。奴等《やつら》はこれを使って、組織の構成員たちをテレシア公国に送り込み、一夜の内に攻め落としたの。命からがら逃げてきた聖騎士は、『空を埋め尽くすほどの数だった』と語ったそうよ」

　彼女のその発言に対し、リアは疑問の声をあげた。

「『空を埋め尽くすほどの数』……？　そんなに大勢の侵入を許すなんて、テレシア公国の警備はどうなっていたんですか？」

「テレシア公国の国境沿いには、遠距離攻撃手段を――対空戦力を持つ優秀な魂装使いが、ずらりと配備されていたそうよ」

「えっ、だったらどうして……？」

「この飛空機の優れているところは、その機動力の高さにあるの」

　会長はそう言いながら、『飛行機』と『飛空機』の違いについて語り始めた。

「これまで飛行機が剣士の移動手段にならなかったのは、その機動力の低さが原因よ。あんなに大きくて方向転換が利かないものは、遠距離攻撃の可能な魂装使いからすれば格好の的でしかないもの。だけど、この飛空機は違う。後で乗ってみればわかるけれど、これは縦へ横へと自由自在。まるで羽が生えたかのように、大空を自由に飛び回ることができるの。生半可な遠距離攻撃じゃ、撃ち落とすことはできないわ」

「なるほど……」

「天子様は『一方的に制空権を握られた状態では戦いにならない』と判断し、すぐさま『天才科学者』に連絡を取ったわ」

「……天才科学者？」

この流れには、ちょっと既視感のようなものがあった。

「リーンガード皇国が世界へ誇る天才科学者――ケミー＝ファスタさんよ」

「あぁ、なるほど」

予想通りというか、なんというか……。何度か聞きかじった名前が飛び出してきた。

「天子様は、橋の下で暮らす彼女にメッセージを送ったの。『一週間以内に飛空機の開発に成功すれば、その膨れ上がった借金を全て肩代わりする』ってね」

「それはさぞ大喜びしたでしょうね……」

彼女の狂喜乱舞する様《さま》が目に浮かぶようだ。

「ケミーさんは見事その期待に応え、たった三日で飛空機を完成させてくれたわ」

「そのあたりはさすがですね」

人格面に大きな問題ありだが、相変わらず能力だけは超一流らしい。

(しかし、凄いな……)

今年の初め、ケミーさんは『アレン細胞』を発見した功績で、途轍《とてつ》もない大金を手にした。

(それなのにこんな短期間で一文無しに――いや、借金まみれになるなんて……)

いったいどんな魔法を使ったんだろうか。……まぁ十中八九、ギャンブルだろうな。

「現在、リーンガード皇国やヴェステリア王国をはじめとした列強諸国は、いつか起こるであろう『帝国との全面戦争』に備えて、飛空機の量産体制を整えているわ。ここにある六機は、その試作品ね」

会長はそう言って、飛空機をコンコンと指で軽く叩《たた》いた。

「パッと見た感じ、小型飛行機の十分の一以下だけど……。このサイズでちゃんと飛べるのかしら?」

「うむ……にわかに信じ難《がた》いな」

リアとローズは飛空機に対し、疑いの目を向ける。

その一方で、

「ちょ、超小型飛翔滑空機……かっこいいじゃないか！」

「センスありありの名前なんですけど！」

リリム先輩とティリス先輩は、少年のように目を輝かせた。

（飛空機、か……）

空を飛び回れるというのは凄いけれど、安全面は大丈夫なんだろうか？

「ケミーさんの話によると、飛空機は霊晶石《れいしょうせき》を組み込んだ、全く新しい動力機構を採用しているそうよ。早い話が『自身の霊力で自由に空を飛べる機械』というわけね。ただ、この試作品は『エネルギーの変換効率』に問題があって、燃費がちょっぴり悪いらしいの。でも、ここにいるみんなならきっと問題ないと思うわ」

飛空機の説明を終えた会長は、俺の背中をポンと叩く。

「――さぁアレンくん、早速で悪いんだけれど、試乗をお願いできるかしら？」

「えっ、どうして俺なんですか？」

「さっきも言った通り、この飛空機はちょっと燃費が悪くてね。安定した飛行には、けっこうな量の霊力が必要なのよ」

「どうやら、そうみたいですね」

「アレンくんの単純な霊力量は、おそらく世界でもナンバーワンよ。つまり理論上、あなたは世界で一番安定した飛行が可能な人間というわけ。大空を自由に飛び回るアレンくんを見れば、リアさんとローズさんの飛空機への不信感もなくなると思うの」

「なるほど、そういうことでしたか」

自分が『世界で一番安定した飛行』ができるとは思えないけど……。

一応、彼女の意図するところは理解できた。

「それに、万が一落下してもどうせ無傷でしょ？」

「……そっちが本音のようですね」

どうやら俺は、あまり嬉《うれ》しくない信頼のされ方をしているようだ。

「はぁ……わかりました」

俺は仕方なく台車に乗せられた飛空機《ひくうき》を持ち上げ、そっと地面に降ろす。

（へぇ、見た目よりずっと軽いんだな）

一メートル四方ものサイズがありながら、総重量は十キロにも満たないだろう。

ひとまず試乗の準備ができたところで、会長が説明を始める。

「まず起動方法なんだけれど、機体中央部のハンドルを握って霊力を注ぎ込むの。そうすれば動力システムが起動して、飛空機はゆっくりと浮かび上がるわ。そこから先の操作は、とても簡単よ。右へ重心を寄せれば右へ移動し、左へ寄せれば左へ移動するの。高度を上げたいときはハンドルを上に引っ張って、下げたいときは下に押し込む。加速したいときはたくさん霊力を注ぎ込んで、減速したいときは霊力を絞ればいいわ」

「なるほど」

直感的でとてもわかりやすい操作方法だ。

「それじゃアレンくん、お願いするわね」

「はい、わかりました」

飛空機へ乗り込んだ俺が、円形のハンドルを握ると、

「アレン、気を付けてね」

「もしも妙な挙動を見せたら、すぐに闇の衣を纏《まと》って脱出するんだぞ?」

心配そうなリアとローズが、優しく声を掛けてくれた。

「あぁ、ありがとな」

俺はゆっくりと息を吐き出し、飛空機のハンドルに霊力を流していく。

すると――両サイドで折り畳まれていた四枚の羽がピンと伸び、超高速で羽ばたき出し、飛空機は緩やかに上昇を始め、空中にフワリと浮かび上がった。

「お、おぉ……!?」

「ほ、本当に飛んでる……!?」

「これは驚いたな……っ」

リアとローズは驚愕《きょうがく》に目を見開き、

「うん、起動成功ね」

「か、かっこいいじゃないか……！」

「めちゃくちゃ未来的なんですけど！」

会長は満足気に頷《うなず》き、リリム先輩とティリス先輩は鼻息を荒くした。

「アレンくん、試しに空を飛び回ってもらえるかしら？」

「わかりました」

先ほど受けた説明通りにハンドルを操作してみると、右へ左へ上へ下へ――急旋回まで思うがまま。まるで背中に翼でも生えたのかと思うほど、自由自在に大空を飛び回ることができた。

（この機動力、想像以上だぞ！）

ひとしきり空の旅を満喫した俺は、飛空機へ供給する霊力を徐々に絞っていき――ゆっくりと地面に着陸した。

するとその瞬間、

「私も飛んでみたい！」

「凄《すご》い機械だな。まるで鳥のようだったぞ！」

リアとローズは目を輝かせ、

「私の機体は……こいつだぁ！」

「早い者勝ちなんですけど！」

リリム先輩とティリス先輩は、我先にと残りの飛空機へ乗り込んだ。

会長はその様子を見ながら、楽しげに微笑《ほほえ》む。

「ふふっ。どれも性能は同じだし、ちゃんと全員分用意してあるから、そんなに慌てなくても大丈夫よ」

その後、飛空機に乗ったリアたちは、次々に大空へ飛び上がっていく。

「凄い……まさに絶景ね！」

「空から見る億年桜は、また一段と綺麗《きれい》だな」

リアとローズが空からの景色に感動する一方、

「た、確かに凄い発明品なんだが……っ」

「思っていた数倍、霊力の消耗が激しいんですけど？」

リリム先輩とティリス先輩は、苦々しい表情でそう訴えた。

「言われてみれば……。確かにけっこうな量が吸われていますね」

「この消耗具合から逆算するに、飛行可能な時間は三十分と言ったところか……」

リアとローズはすぐさまそれに同意し、

「そう、この燃費の悪さが問題なのよねぇ……。聖騎士たちの参加した性能テストによると、飛行可能時間は平均約十五分。最長でも二十分だったそうよ」

会長は肩を竦《すく》め、悩まし気にため息をつく。

（……燃費、そんなに悪いかな？　霊力を消耗している感じは、全然しないんだけど……）

みんなの言う通り、霊力を吸い取られているような感覚はあるのだが……。それは本当に極々僅かなもので、飛空機に食われる量よりも、自然に回復する量の方が遥《はる》かに多い。

多分この感じだと、休みなく永遠に飛び続けられるだろう。

（もしかして、みんなの飛空機は不良品じゃないのか……？）

機体に異常がある状態で、大空を飛び回るのはとても危険だ

「すみません、俺の飛空機は、ほとんど霊力を消耗せずに飛べているんですが……。みなさんの機体は、どこかが故障しているんじゃないでしょうか？」

「霊力を消耗しない？　……あーなるほど、アレンくんは霊力お化けだものね……」

「単純な霊力量なら、『黒拳』レイア＝ラスノート以上らしいからな……。飛空機の霊力

消耗なんて、屁《へ》でもないんだろう」

「この化物なら、涼しい顔をして一日中飛んでいられそうなんですけど……」

会長たちはそう言って、苦笑いを浮かべるのだった。

とにもかくにも、飛空機という空の移動手段を手に入れた俺たちは、億年桜の裏側にある小さな孤島へ向かうのだった。

■

億年桜《おくねんざくら》の裏手に位置する小さな孤島。そこは自然豊かで、とても空気の綺麗な島だった。

青々とした木々に無人の草原、秘密の遊び場としてこれ以上の場所はないだろう。

俺たちはそこでバドミントンやかくれんぼをして遊び、現在はみんなでフリスビーを投げ合っていた。

「――行くわよ、アレン！　それ！」

「そら、連続攻撃だ！」

リアとローズが同時にこちらへ投げると、

「ふふっ、それなら私も……えぃ！」

「最後にもう一枚、オマケなんですけど……！」

会長とティリス先輩は意地の悪い笑みを浮かべて、追加のフリスビーを放った。

「四枚は多くないですか⁉」

俺はぼやきながらも、一枚二枚三枚と次々に捕らえていく。

（よし、これで最後の一枚……！）

強く大地を踏み抜き、グッと右手を伸ばした次の瞬間、

「うぉ……⁉」

元気のいい突風が吹き、フリスビーは遠くの方へ飛ばされてしまった。

「あはは、凄い風だったな。おかげで取りこぼしちゃったよ」

「ふふっ、でも気持ちのいい風だったわね」

すっかりチェリンの陽気に当てられた俺とリアは、二人で楽しく笑い合う。

「それじゃ俺は、フリスビーを拾って来るよ」

「うん、お願い」

リアたちと別れた俺は、無人の草原を足早に進み、

（えーっと、確かこっちの方に……っと、あったあった）

海岸沿いに転がるピンク色のフリスビーを発見する。

しかし、そのすぐ近くには、どういうわけか釣り人がいた。

（……あれ、おかしいな。会長やローズは、無人島って言っていたはずなんだけど……）

俺は不審に思いながらも、フリスビーのもとへ足を進める。

（……でかい）

遠目ではよくわからなかったけど、釣り人の体は途轍《とてつ》もなく大きい。

まるでヒグマのような巨体、生まれて初めてポーラさんと見合うサイズの人間を見た。

（しかも、凄い筋肉だぞ……）

筋線維がギュッと密《みつ》になった鋼の如《ごと》き力強さが、こんなに離れた距離からでもヒシヒシと伝わってくる。それによくよく見れば、腰には大きな太刀が差されていた。

どうやら彼は、ただの釣り人ではなく、厳しい修業を積んだ剣士のようだ。

（……釣りに集中しているみたいだし、気付かれないようにサッと回収してしまおう）

気配を殺し、忍び足でこっそりフリスビーに近付くと――。

「あー、今日はいまいち釣れんなぁ……。のう、小僧？」

釣り人はこちらに背中を向けたまま、軽い話を振ってきた。

（俺はそこまで隠形《おんぎょう》が得意な方じゃないけれど、まさかこんなにあっさり気取《けど》られるなんてな……）

警戒を強めながらも、とりあえずの返答をする。

「えーっと、そんな日もあるんじゃないでしょうか？」

「まぁ、それもそうじゃのぅ……」

謎の釣り人は、足元に置かれた大きな酒瓶を一気に呷《あお》った。

「ぶはぁ……っ。ひっく……小僧、どうじゃお前も？」

彼はそう言って、こちらへグィッと酒瓶を差し出す。

「すみません、自分はまだ未成年ですので……」

「ばららら！　若いのに堅苦しい男じゃ！」

いったい何がおかしいのか、彼は豪快に笑い出した。

よくよく見れば、その頬は既に赤らんでおり、目もとろんとしている。

視線を下に向けると——釣り人の足元には、空になった酒瓶がいくつも転がっていた。

どうやら、既にかなり酔っ払っているようだ。

……なんとなくだけど、この人は酒癖《さけぐせ》が悪そうだ。

（面倒なことにならないうちに、早くみんなのところへ戻ろう）

『触らぬ神に祟《たた》りなし』——そう判断した俺は、素早くフリスビーを回収し、彼に背を向けた。

　すると次の瞬間、

「――のぅ小僧」

「はい、なんでしょ……うっ⁉」

恐るべき速度の斬撃が、空を駆け抜けた。

（なんて、鋭い一撃だ……ッ）

俺は咄嗟《とっさ》に深くしゃがみ、横薙《よこな》ぎの一閃《いっせん》をなんとか回避する。

「ほぉ、中々いい反応じゃ」

凶悪な笑みを浮かべた釣り人は、首をゴキリと鳴らしながらゆっくりと立ち上がった。

「い、いきなり何をするんですか⁉」

「ばららら！　一流の剣士と相見《あいまみ》えたならば、己《おの》が剣術をぶつけたくなるのが『性《さが》』というものよ！」

彼は腰に差した太刀を抜き放ち、どこかで見覚えのある構えを取った。

それと同時――身の毛もよだつような、とんでもない殺気がこの場を支配していく。

（くそ、なんなんだこの人は……⁉）

先ほど見せた恐るべき斬撃・一分《いちぶ》の隙もない構え・空間を侵食するほどの濃密な殺気――間違いなく、並一通りの剣士じゃない。

（フリスビーを回収しに来ただけなのに、どうしてこんなことに……っ）

俺は警戒を最高レベルに高め、すぐさま剣を引き抜いた。

「……」

「……」

互いの視線が交錯し、重苦しい空気が流れ出す。

それから一分あまりが経過したところで、謎の剣士はゆっくりと口を開いた。

「――小僧。貴様、『中』に化物を飼っておるな？」

「……っ⁉」

初見でゼオンの脅威を見抜くなんて、やはりこの男はただ者じゃない。

「ばららら！　そうかそうか、いや……けっこう！　まさかこんな『上物』と見《まみ》えるとは、今日は運がいいのぅ！」

彼は上機嫌に笑い、太刀の切っ先をこちらへ突き付ける。

「若き剣士よ、全力で掛かってくるがよい！　さもなくばその首、もらい受けるぞ！」

「言われなくても、そうさせてもらう！」

俺と謎の剣士は、まるで示し合わせたかのように同時に駆け出した。

「ハァッ！」

「ぬぅん！」

渾身《こんしん》の力を込めた斬撃がぶつかり合い、紅《あか》い火花が舞い上がる。

緊迫した鍔迫《つばぜ》り合いの中、

「はぁあああああああ！」

「ぬぉおおおおおおお！」

裂帛《れっぱく》の気合いが、静かな無人島に響き渡る。

（ぐっ、なんて馬鹿力をしているんだ……!?）

腕力にはそれなりに自信があったつもりだけど、鍔迫《つばぜ》り合いの結果は互角……いや、わずかにこちらが押されている。

「ばららら！　おもしろい、おもしろいぞ、小僧！　その細身で儂《わし》の剛力《ごうりき》と張り合うとは……のぅ！」

謎の剣士は豪快に笑い、凄《すさ》まじい連撃を繰り出した。

「……ッ」

正確に急所を狙い穿《うが》つ斬撃の嵐。

俺はそれらを躱《かわ》し、いなし、受け止め——紙一重で防ぎ切る。

（ただの斬撃なのに、なんてふざけた威力だ……っ）

ちゃんと防御しているのに、こちらの剣が叩《たた》き折られそうだった。

「どうしたどうした！　守ってばかりでは、勝負にならんぞ！」

さらなる追撃を仕掛けんと、彼は大きく一歩踏み込んできた。

俺はその踏み込みに合わせ、

「言われなくたって、わかっている！　一の太刀――飛影《ひえい》ッ！」

ほぼゼロ距離で切り返しの一撃を挟み込む。

しかし、

「ほぉ、これは面妖《めんよう》な技を使いおる！」

彼は迫り来る飛影を左手で鷲掴《わしづか》みにし、そのまま上から下へと押し潰した。

(嘘《うそ》、だろ……!?)

飛影の威力は確かに控えめだが……。

まさか素手で捻じ伏せられるなんて、夢にも思っていなかった。

(だったら、これでどうだ……！)

俺は地面を強く蹴り付け、互いの距離を一気に詰める。

「八の太刀――八咫烏《やたがらす》ッ！」

「一振りで八つか、悪くない！」

だが、彼は演舞のように流麗《りゅうれい》な体捌《たいさば》きで、その全てを回避した。

（は、速い……⁉）
二メートルを超える巨体を誇りながら、驚くほどに俊敏な動きだ。
「そらそらそらぁ！　こんなものか、小僧！」
「ぐっ⁉」
その後、どれくらいの間、斬り合っただろうか。
（……そろそろいけそうだな）
何度も剣を重ねるうちに、彼の無茶苦茶な腕力にも慣れてきた。
単純な斬り合いならば、今や完全に五分と五分。
ここから先は、剣術と魂装の戦いだ。
（よし、この辺りで仕掛けるか）
俺はあえて左側に隙を作り、相手の攻撃を誘い込む。
すると――。
「――そこじゃあ！」
こちらの狙い通り、左脇腹へ袈裟《けさ》斬りが放たれた。
（ここで……崩すッ！）
相手の太刀が、俺の脇腹に触れた瞬間、

「ハァッ！」

闇の衣を一気に展開し、強く弾《はじ》き返してやった。

「こ、小僧……その、闇は!?」

「ここだ！」

刹那の隙を見逃さず、最高最速の居合斬りで仕留めに掛かる。

「七の太刀——瞬閃《しゅんせん》ッ！」

完璧な崩しから放った最速の斬撃は、

「桜華一刀流《おうかいっとうりゅう》——雷桜《らいおう》」

雷鳴の如き一閃によって、掻《か》き消されてしまった。

（は、速過ぎるだろ……!?）

今の速度は、人間の限界を超えている。

（いやそれよりも、今のあの技は……っ）

俺が驚愕《きょうがく》に目を見開いていると、

「——お、お爺さま、いったい何をしているんですか!?」

背後から、凜《りん》とした女性の声が響いた。

振り返るとそこには——息を切らせたローズ、その後ろにはリアや会長たちもいる。

どうやら剣戟《けんげき》の音を聞き、慌てて駆け付けてくれたようだ。

「えーっと、『お爺さま』……？」

俺が呆気《あっけ》に取《と》られていると、

「おぉローズ、久しぶりじゃのう！　ちょっと見ぬ間に、随分とまぁ大きくなりよって！」

謎の剣士は太刀を納め、とても柔らかい笑みを浮かべた。

一方のローズはがっくりと肩を落とし、大きなため息をつく。

「はぁ……。お爺さま、どうしてアレンと斬り合っていたんですか？」

「それはお前……これほどの霊核を秘めた剣士は、そうおるものではないからのぅ。『血が滾《たぎ》った』というやつじゃ！」

「もういいお年なんですから、そろそろ落ち着いてください」

「ばららら！　爺ちゃんの身を案じてくれるとは、ローズは本当に心の優しい子じゃのう！」

この気の置けないやり取りと会話の内容から判断して、二人が親族関係にあるのは間違いなさそうだ。

「っと、すまない、アレン。この人は桜華一刀流十六代目正統継承者バッカス＝バレンシア。かつて『世界最強』と呼ばれた剣士だ」

「ばららら！　『かつて』ではない、『名実ともに』世界最強の剣士だ！」

バッカスさんは豪快に笑いながら、しっかりと訂正を加えた。

「して、小僧。我が孫娘と知り合いのようだが、名をなんという？」

「自分はアレン＝ロードルです。ローズさんとは、剣術学院で仲良くさせていただいております」

「なるほどなるほど、ローズの学友というわけか。儂はバッカス＝バレンシア。先の説明にもあった通り、桜華一刀流十六代目正統継承者にして『世界最強の剣士』だ。よろしく頼むぞ、アレン」

バッカスさんはそう言って、巌《いわお》のような右手を差し出した。

「こちらこそ、よろしくお願いします」

俺はその手をギュッと握り、しっかりと握手を交わす。

バッカス＝バレンシア。

オールバックにされた短い白髪、外見年齢は五十代半ばぐらいか。二メートルを超える巨軀《きょく》に鋼のような筋肉。彫《ほり》の深い顔には大きな皺《しわ》が刻まれ、煌々《こうこう》と輝く真紅の瞳はローズと瓜二つ《うりふた》だ。口の端には綺麗《きれい》に整えられた白い髭《ひげ》が存在感を主張しており、その左胸には黒い『桜の紋様』がある。

　上は桜吹雪のあしらわれた長丈《ながたけ》の青羽織《あおばおり》のみを纏《まと》い、下はシンプルな黒いズボンを穿《は》いていて、腰には大きな太刀が差されている。

（それにしても、硬い手だ）

　これまで握ったどんな手よりも、ゴックて分厚くて力強い。

（きっと途轍《とてつ》もなく長い時間、剣術と向き合ってきたんだろうな……）

　俺がそんなことを考えていると、

「馬鹿な、あり得ん……っ」

　バッカスさんは険しい表情でそう呟《つぶや》いた。

「どうかしましたか？」

「小僧、この手……いったい何年剣を振り続けた？」

「え、えーっと……だいたい十年ぐらいですかね？」

　突然発せられた鋭い質問に対し、曖昧《あいまい》な答えを返す。

　本当は十数億年以上だけれど、それは伏せておかなければならない。

「とぼけても無駄じゃぞ。野にいる凡百《ぼんぴゃく》のボンクラはごまかせても、この儂を相手にそうはいかん。小僧のこの武骨な手には、歴年の重みが載っておる！」

バッカスさんは、かつてローズが剣武祭で口にしたのとほぼ同じ台詞《せりふ》で迫ってきた。

(……困ったな)

レイア先生からは「一億年ボタンと時の仙人について、一切他言しないように」と言われている。それに第一、あんな荒唐無稽《こうとうむけい》な話をしても、きっと信じてもらえないだろう。

(どうやってバッカスさんの追及を切り抜けようか……)

そんな風に頭を悩ませていると、彼はズイッとこちらへ身を寄せ、小さな声で耳打ちしてきた。

「小僧、もしや貴様……『一億年ボタン』の呪いを打ち破った『超越者』ではないか?」

「……っ!?」

思わず、言葉を失った。

一億年ボタンは、極一部の者だけが知る極秘事項のはず……。

それなのに、どうしてバッカスさんがそのことを知っているんだろうか。

(もしかして、彼も超越者なのか?)

超人的な身体能力に研ぎ澄まされた剣術……可能性としては、十分に考えられることだ。

(相手はローズのお爺さんだし、話してしまっても大丈夫か? いやでも、レイア先生は「他言無用だ」と言っていたんだよな……)

俺が無言のまま、思考を巡らせていると、

「なるほどのぅ、今の反応でよくわかったわい。小僧が一億年ボタンの呪いを乗り越えた超越者であること、そして――何者かによって口止めが為《な》されていることもな」

ここまで正確に言い当てられては、もはや誤魔化《ごまか》すことはできない。

「……はい、その通りです」

「まぁ、そうじゃろうな。小僧の手は、あまりに仕上がり過ぎておる。十や二十と年を重ねた程度では、ここまで立派な剣士の手にはならん。となれば、可能性は一つ。時の仙人が作り出す『一億年ボタン』を使ったに違いあるまい」

バッカスさんは自分の推理を述べた後、その迫力のある顔をグィッと近付けてきた。

「――して小僧、貴様はあの地獄のような世界で、どのぐらい剣を振っておったのだ？『五百』か『千』か？　もしや……『二万』の大台を超えたか？」

「あまり正確には覚えていませんが、だいたい十数億年ぐらいですね」

俺が正直に答えると、

「じゅ、『十数億年』……じゃと!?　まさかアレを何度も押したというのか!?」

彼は目を白黒とさせ、信じられないといった風に首を横へ振った。

「は、はい」

途中何度か正気を失い掛けたけれど……。

それでも俺は、我武者羅《がむしゃら》に剣を振り続け――時の世界を斬り裂いた。

「ば、ばらららら！　まさかあの一億年ボタンを連打しおるとは……想像以上じゃ！　十数億年と愚直に剣を振るった、その鋼の如《ごと》き精神力――天晴《あっぱれ》というほかあるまい！　道理でそんな化物を宿したまま、理性を保てているわけじゃ！」

「あ、ありがとうございます……？」

何故《なぜ》かわからないけれど、手放しで褒められてしまった。

「だが、十数億年と剣を振った割には……ちと成長が物足りんのぅ……」

バッカスさんは品定めをするような目で、俺の全身をジッと見つめる。

「なんというか、その……。俺には全く才能がないので、多分それが原因だと思います」

俺には『剣術の才』がなかった。

いっそ、自分でも情けなくなるほどに。

(今だってそうだ……)

十数億年という途方もない時間。それを全て剣術の修業に充《あ》てて、なんとか周囲の天才たちと肩を並べているだけに過ぎない。

「いいや、それは違うな。剣の筋は悪くない、むしろ良《い》いぐらいじゃろう。ただ儂《わし》の目には――小僧の成長を阻害するナニカが、体の奥深くで蠢《うごめ》いているように見えるのだが……。むぅ、気のせいか……？」

バッカスさんは険しい目付きのまま、何事かをブツブツと呟く。

「……まぁ、いいじゃろう。念のため、儂からも重ねて注意しておこう。一億年ボタンについては、むやみに他言せん方がよい。超越者と時の仙人を、血眼《ちまなこ》になって探している奴等《やつら》がおるからのぅ」

「ご忠告、ありがとうございます」

やはり一億年ボタンは、大っぴらにしてはいけないものらしい。

「ところで、バッカスさんの方は――」

今度は俺から質問をしようとしたそのとき、

「――全く、男同士いつまで手を握り合っているんですか？」

どこか呆《あき》れた様子のローズが、ため息まじりに首を振った。

みんなを置いてけぼりにしたまま、随分と話し込んでしまっていたようだ。

「ばららら、すまんすまん！　あまりにも小僧がいい手をしておったものでな！」

大きな笑い声を上げたバッカスさんは、

「――して、そこのお前さんらもローズの友達か？」

余計な詮索を避けるためか、素早くリアたちの方に話を向けた。

「はい、リア＝ヴェステリアと申します」

「シィ＝アークストリアです。千刃学院では、ローズさんと仲良くさせていただいております」

「リリム＝ツオリーネだ。よろしく頼むぜ、バッカスのおっさん！」

「ティリス＝マグダロート。よろしくなんですけど」

「うむうむ。リアにシィ、リリムにティリスだな……よし覚えたぞ。大事な孫娘の友達とあらば、もてなさんわけにはいかんな。ここは一つ、儂の家へ案内しよう。さぁ、付いて来るがいい！」

陽気なバッカスさんは「ばららら！」と楽しげに笑い、大股で歩き始めた。

(また彼とは、後で詳しく話をしないとな……)

これまでずっと謎に包まれてきた一億年ボタンと時の仙人。

もしかするとバッカスさんは、俺が知っている以上のことを知っているのかもしれない。

■

バッカスさんに連れられて、島の海岸沿いを歩くこと一分弱。

(そう言えば、彼の家はどこにあるんだろうか？)

飛空機に乗ったとき、上空から軽くこの無人島を見回したけれど、民家らしきものは見当たらなかった。

「バッカスさん、ご自宅はどちらにあるんですか？」

「儂の家は本土《ほんど》の南部にある木造の平屋じゃ。ちぃとばかし古いが、見晴らしは最高だ。何せ真正面には、満開の億年桜が咲き誇っておるからのぅ！　桜の国チェリンで、これ以上の立地はあるまい！」

彼はそう言って、自慢気に胸を張る。

「そうすると、この島にはどうやって来たんですか？」

「これはまた異《い》なことを聞くのぅ。それはもちろん――徒歩じゃ。この島には魚の集まる穴場があってな。趣味と実益を兼ねて、よく釣りに来ておるんじゃよ」

彼はそう言って、シュッと釣《つ》り竿《ざお》を振る動きを見せた。

「徒歩？　ここは周囲を海で囲われた孤島だと聞いていたんですが……」

「この島が孤島じゃと？　いったい何を言っておるのやら……ほれあそこを見るがいい」

彼が前方を指差せば――そこにはなんと、この島と本土を繋《つな》ぐ木製の橋が架《か》かっていた。

「あ、あれ？　そんなはずは……」

「どうした、小僧？　狐《きつね》につままれたような顔をしておるぞ？」

バッカスさんは意地の悪い笑みを浮かべ、わざとらしくそう問い掛けてきた。

(……なるほど、そういうことか……)

そのしたり顔を見て、すぐにピンときた。

「この橋、魂装の力ですね?」

「ばららら、左様! 中々どうして、察しがよいではないか!」

彼はそう言って、俺の背中をバシンと叩《たた》く。

やはりこの巨大な橋は、バッカスさんの能力で架けられたものらしい。

(この橋、よく見ると大樹の根っこみたいだな……。ということは『木を操る能力』か? いや、この周辺にこんな大きい木は生えていない。となれば、『新たに木を生み出す能力』か?)

そんな風に未知の能力について思考を巡らせていると、

「そう言うお前さんらこそ、どうやってこの島へ来たのだ? ここは儂以外の人間が、そう容易《たやす》く立ち入れる場所ではないのじゃが……」

バッカスさんは、先ほどの俺と同じ質問を口にした。

「俺たちは飛空機という超小型の飛行機に乗って、本土から空を渡って来たんですよ」

「ひ、ヒクウキ……? なるほど、巷《ちまた》で噂《うわさ》の『カラクリ』とかいうやつか……」

彼は険しい表情で「ぐぬぬ」と唸《うな》る。

機械関連については、あまり明るくないようだ。

「うぅむ、そうじゃのぅ。それなら儂は一足先に帰って、宴《うたげ》の準備でもしておこうか。お前さんらはそのヒクウキとやらを回収した後、ゆるりと来るがよい。――ローズ、道案内は頼めるな？」

「はい、わかりました」

ローズはコクリと頷《うなず》き、バッカスさんの頼みを快諾する。

「よし、それではまた会おうぞ！」

彼はそう言って、自身の能力で架けた橋を渡っていくのだった。

■

バッカスさんと別れた後、

「――アレン、祖父が迷惑を掛けてしまった。本当に申し訳ない」

飛空機を回収する道すがら、ローズはペコリと頭を下げた。

「ただ、お爺《じい》さまのことを誤解しないであげてほしい。いろいろと無茶苦茶なところはあるが、決して悪い人ではないんだ」

彼女は真剣な表情でそう語る。

（……お爺さんのことを大切に思っているんだな）

ローズとバッカスさんの家族関係はとても良好らしい。

「あぁ、気にしないでくれ。いきなり斬り掛かって来られたときは、ちょっとビックリしたけど、俺もいい経験になったからさ」

桜華一刀流十六代目正統継承者バッカス＝バレンシア。

あれほどの剣士と手合わせができたんだ。

むしろ、運がよかったと喜ぶべきだろう。

「ありがとう。そう言ってもらえると助かる」

ローズはホッと一息をつき、柔らかく微笑《ほほえ》んだ。

「それにしても、バッカスさんは元気な人だな……。今何歳ぐらいなんだ？」

真っ白に染まった髪・眉《まゆ》・髭《ひげ》。それから彫《ほり》の深い顔に刻まれた大きな皺《しわ》。

（そこだけに注目すると、かなり年を重ねているように見えるが……）

生命力に満ちた鋼の如き筋肉に活《い》き活きとした張りのある声。そして何より、あの超人的な身体能力。

正直、外見からは全く実年齢が掴《つか》めない。

「お爺さまは曽々々々々祖父《そうそうそうそうそう》……。いや、曽々々々々々祖父《そうそうそうそうそうそう》だったか……？　まぁとにかく、若くても二百歳は越えているはずだ」

「「「「に、二百歳⁉」」」」

あまりに衝撃的な発言を受けた俺たちは、驚きの声を上げてしまう。

「私の一族は、代々長寿の家系なんだ」

「いや、『長寿』って……」

さすがに二百歳というのは、長寿というレベルを超えていると思うんだが……。

俺が唖然《あぜん》としていると、

「ねぇローズ。さっきからずっと気になっていたんだけど、バッカスさんが『世界最強の剣士』っていうのは本当の話なの？」

リアがとてもいい質問をしてくれた。

それについては、俺も気になっていたところだ。

「事実だ。かつてお爺さまは、確かにそう呼ばれていた。そして実際、信じられないほどに強かった。まさに『一騎当千』、人の域を越えた絶対的な力を誇っていた。彼が負ける姿なんて、想像することもできない」

そう語ったローズの目には、憧憬《どうけい》の灯《ひ》が宿っていた。

「ただ……お爺さまが世界最強の剣士であったというのも、今や昔の話だ。現在はもう全盛期の半分の力さえ、残されていないだろう」

「そ、そうなのか……？」

ついさっき剣を交えたときは、とてもそんな風には思えなかった。

「……お爺さまは不治の病に侵されている。外見からはわからないが、内臓《なか》はもうボロボロだ。本来なら、まともに立てる体ではない。実際に十年前、かかりつけの医者から『余命半年』と宣告されている」

「『十年前』に『余命半年』……？」

その発言は、明らかに矛盾している。

「すまない、少し語弊《ごへい》があったな。普通の人間ならば余命半年、ということだ。しかし、お爺さまには強靭《きょうじん》な精神力、そして何より――彼を最強の剣士たらしめた『無敵の魂装』がある。この二つによって、なんとか日常生活を送っているんだ」

（……無敵の魂装、か）

あのローズがそこまで言うんだ。

きっととんでもない代物なのだろう。

（不治の病に侵された体を支える能力……強化系統、いや回復系統か？　でもさっきは、木を生み出して橋を架けたんだよな……）

バッカスさんの能力を推理していると、

「――きゃっ⁉」

隣を歩いていた会長が、木の根に蹴躓《けつまず》いてしまった。

俺は前のめりになった彼女の手を引き、その体を素早く抱き寄せる。

「大丈夫ですか、会長？」

「あ、ありがとぅ……っ」

彼女はほんのりと頬を赤くしながら、胸の中でポツリと呟《つぶや》く。

すると次の瞬間、

（なん、だ……これは……っ⁉）

尋常ならざる殺気が、俺の全身を貫いた。

「――誰だ⁉」

即座に漆黒の衣を展開し、素早く周囲を警戒する。

しかし、誰かが襲ってくる気配はない。

それどころか、あのおぞましい殺気は途端に鳴りを潜めてしまった。

（……今のはなんだったんだ？）

憤怒《ふんぬ》と憎悪《ぞうお》に彩《いろど》られた、どす黒い感情の塊。

あれほど強い負の感情を向けられたのは、随分と久しぶりのことだ。

(まさか、ドドリエルの奴《やつ》か？　……いや、ちょっと違うな)

あいつの殺気とは、また少し毛色が異なる。

俺が殺気の主の正体について思考を巡らせていると、

「いきなりどうしたの、アレン⁉」

「何があった⁉」

リアとローズは素早く剣を抜き放ち、警戒の糸を張り巡らせた。

「もしかして、黒の組織⁉」

「アレンくん、どこかに敵がいたのか？」

「影も形も見えないんですけど……」

会長たちは背中合わせになり、全方位を注視する。

この反応を見る限り、今の殺気は俺だけに向けられたものらしい。

(……なるほど、今回の標的は『俺一人』というわけか)

大方の状況を把握したところで、静かに剣を鞘《さや》に納める。

「驚かせてすみません。何者かが強烈な殺気を放ってきたので、ちょっと身構えてしまいました」

「殺気？」

「何も感じなかったぞ？」

リアとローズは不思議そうに小首を傾《かし》げる。

「ほんの一瞬、俺だけに放たれた殺気だ。多分、かなりの手練《てだ》れだと思う」

あの背筋の凍るような殺気、ここまで尾行を悟らせなかった隠形《おんぎょう》――差し向けられた刺客は、相当なやり手と見て間違いない。

（黒の組織か、魔族か。はたまたもっと別の何者かか……）

いずれにせよ、俺に強い敵意を抱く何者かが、この無人島に――桜の国チェリンに潜んでいる。

（この春合宿、中々すんなりとは終わってくれなさそうだな……）

俺が小さくため息をつくと、

「わざわざあのアレンを狙うということは、きっと向こうには『勝てる自信』があったのよね？」

「常識的に考えればそうなるが……。アレンに勝てる剣士など、世界中を探してもそういるものではないぞ？」

リアとローズは真剣な表情で語り、

「ほとんど情報のない現状、敵の正体を正確に予測するのは難しそうね……。だけど、たとえどんな相手だとしても、アレンくんは絶対に負けないわ。……ね？」

会長はそう言って、可愛《かわい》らしく小首を傾げた。

「あはは、頑張ります」

彼女の瞳の奥には強い信頼の色が浮かんでおり、ちょっとこそばゆい気持ちになる。

「さっ、あまりバッカスさんを待たせるわけにもいかないし、早いところ飛空機を回収しに行きましょう！」

会長の明るい号令を受けた俺たちは、草原に停《と》めて置いた飛空機を素早く回収し、バッカスさんの家を目指して飛び発《た》つのだった。

■

ローズの案内のもと空を飛ぶこと数分、あっという間にバッカスさんの自宅へ到着した。

（おぉ、これはまた立派な家だなぁ……っ）

眼前にそびえ立つのは、大きな木造の平屋。

今様《いまよう》ではない独特の建築様式が歴年の風情《ふぜい》を漂わせ、黒い焼板《やきいた》で組まれた外壁が大自然の力強さを感じさせる。四隅に立てられた柱は太く、バッカスさんサイズの巨大な門には、威風堂々とした迫力があった。

そして何より――真正面に咲き誇る億年桜。その眺望《ちょうぼう》は、これ以上望むところがない。

「こんなに力強い木造建築は、ヴェステリアでも中々お目にかかれないわね」

「『渋い』というか、『深い』というか……とにかく活《い》かしてるぜ！」

リアとリリム先輩も、感心しきった様子だ。

「ふふっ、気に入ってくれて嬉《うれ》しいぞ。ここは私の一族が代々住み続けている家でな。築年数は確か、『千年』を軽く越えているという話だ」

「「「ち、築千年……!?」」」

「あぁ、それにしても懐《なつ》かしい。私がこの家を発って、もう五年になるのか……」

どこか遠い目をしながら家の柱をそっと撫《な》でたローズは、

「っと、懐かしんでいる場合じゃないな。お爺《じい》さまが首を長くして待っている。さぁ、行こう」

そう言って、玄関の扉を開けるのだった。

「――お爺さま、ただいま戻りました」

「おぉ、待っておったぞ！　さぁほれ、早《はよ》ぅ居間へ来い！」

バッカスさんの招きを受けた俺たちは、長い廊下を真っ直《す》ぐ進み、突き当たりにある扉をガラガラと開く。

するとそこには、二十畳以上にもなる大きな居間が広がっていた。

「ばららら、よく来たな！　お前さんらは、ローズが初めて連れてきた友達だ。盛大にもてなそう！」

特大サイズの椅子に腰掛けたバッカスさんは、豪快に酒瓶を呷《あお》る。

（おもてなしって……『これ』、だよな？）

中央に置かれた縦長の机には、大量の酒瓶とお酒のツマミがこれでもかというほど並べられている。

「あの、これって……」

「酒とツマミじゃ」

「……ですよね」

それは見ればわかる。

「一杯三千万ゴルドの酒だの。一キロ一億ゴルドの肉だの。これまでありとあらゆるものを飲み食いしてきたが……。たかだか一本千ゴルドもせんような故郷の安酒が一番うまい。さぁほれ、遠慮せずにグイッとやってくれ！」

バッカスさんはそう言って、上機嫌に「ばららら！」と笑った。

「はぁ……。お爺さま、もうおボケになられたんですか？　私たちはまだ未成年ですよ」

「そんな固いことを言うてくれるな。第一、儂《わし》が小さい頃なんぞはな――」

「――未成年の飲酒は、法律で禁止されています」

ローズは毅然《きぜん》とした態度で、机の上に並べられた酒瓶を回収していく。

「ろ、ローズ……っ。酒盛りは、爺ちゃんの数少ない楽しみなんじゃ。見逃してはくれんか？」

「問答無用です」

彼女はぴしゃりとそう言い放ち、

「あ、あぁ……っ⁉」

バッカスさんから酒瓶を奪い取ってしまった。

（あはは、本当に仲がいいんだな）

あれだけ大きく見えた彼が、この時ばかりはどこにでもいる普通のお爺さんだ。

「ぐぬぬ、久しぶりの再会だというのに手厳しいのぅ……」

バッカスさんは泣き言をこぼしながら、分厚いサラミをひょいと口へ放り込む。

「みんな、すまないな。今すぐお茶の準備をするから、適当に座って待っていてくれ」

大量の酒瓶を抱えたローズは、小さくお辞儀をして居間を後にした。

数秒後、

「――よし、行ったな」

バッカスさんは「計画通り」とばかりに怪しく微笑《ほほえ》み、

「お前さんらには特別に『とっておき』を見せてやろう」

戸棚の奥から分厚い本を取り出した。

「それはなんでしょうか……？」

「言うなれば、この世界で最も尊いものじゃ」

バッカスさんはそう言って、手元の本を優しく撫ぜた。

どうやらあれは、とても大事なものらしい。

「ふぅー……。よし、開けるぞ？」

真剣な目をした彼が、本の表紙をめくるとそこには――誕生日ケーキを前にして微笑む、

可愛らしい女の子の写真があった。

幼いながらも凛《りん》とした面差《おもざし》・透き通るような真紅の瞳・艶《つや》やかな白銀の髪。

「あれ……この子、もしかして……？」

「ふっ、気付いたか。そう、これは我が孫娘――ローズ・バレンシアの成長アルバムじゃ！　そしてこの写真は、ローズが三歳の誕生日を迎えたときのもの！　どうだ、まるで天使のような可愛さじゃろう！」

バッカスさんは鼻息を荒くし、自信満々に胸を張る。

「うわぁ、可愛い！　まるでお人形さんみたいですね！」

リアは興奮した様子で前のめりになってのぞき込み、

「ふふっ。この頃から、凛とした空気を纏《まと》っているのね」

「可愛らしくもあり、かっこよくもあるな！」

「めちゃくちゃ美人さんなんですけど……！」

会長たちも率直な感想を述べた。

（確かに可愛いな）

三本の蝋燭《ろうそく》が立てられた誕生日ケーキ。

それを前にして微笑む彼女は、まるで絵本から飛び出してきたような愛らしさがあった。

「ばららら！　そうじゃろう、そうじゃろう！　ローズは小さい頃から本当に可愛い子でのぉ。まさに『目に入れても痛くない』というやつなんじゃ！」

自慢の孫を褒められたバッカスさんは、これ以上ないほど嬉しそうだった。

どうやら彼も、グリス陛下やロディスさんと同じく、重度の子煩悩《こぼんのう》。いや、孫煩悩《まごぼんのう》らしい。

「バッカスさん、他の写真も見たいです！」

リアが期待に満ちた目を向けると、

「おぉ、そうか！　見たいか！　客人にそこまでねだられては仕方あるまい。今日だけ特別に大公開してやろう！」

上機嫌なバッカスさんは、破れないよう慎重な手つきでアルバムをめくる。

次のページには、桜色の美しい着物に身を包み、おいしそうにりんご飴《あめ》をかじるローズの写真があった。

だいたい八歳ぐらいだろうか？　写真の中の彼女は、さっきよりもかなり成長していた。

「これは数年前、リーンガード皇国へ出向いたときのものじゃな。確か『商人の街』ドレスティアとか言ったかのぅ？　『大同商祭《だいどうしょうさい》』なる大きな祭りが開かれておって、凄《すご》い人混みじゃったわい」

バッカスさんは遠い記憶を手繰りながら、そのときのことをしみじみと語る。

俺はその話を聞いて、去年の四月頃、リアとローズと一緒に大同商祭を見て回ったことを思い出した。

（そう言えばあのとき、『ここへは昔、お爺さまに連れてきてもらったことがある』って、ローズが言っていたっけか）

一年ほど前の会話を思い出している間にも、バッカスさんはアルバムをめくっていく。

「これは……おぉ、懐かしいのぅ！　ローズが四歳の頃、おねしょをしたときの写真じゃな！」

そこに写っていたのは、物干し竿《ざお》に掛けられた子ども用の布団《ふとん》と哀愁《あいしゅう》漂うローズの小さな背中。よくよく見れば、干された布団には小さな『湖』があった。

「あやつが『お化けなんて怖くない！』と言いよるから、夜分遅くにとっておきの怪談話を披露してやれば……結果はこの通りじゃ。悔しそうに『不覚……っ』と呟《つぶや》いておったのをようく覚えておるわ！」

バッカスさんは楽しそうに、過去の笑い話を語る。

すると――居間の扉がガラガラと開き、たくさんの湯呑《ゆの》みをお盆に載せた彼女が入ってきた。

「すまない、遅くなっ……た……!?」

バッカスさんの持ち出した古いアルバム、それをみんなで観賞する俺たち。

現状を完璧に理解したローズは、羞恥《しゅうち》のあまり頬を真っ赤に染めた。

「な、な、な……何をしているんだ!?」

「なんじゃ、もう戻って来たのか。思いのほか早かったのぅ」

「お爺さま……！　何故《なぜ》、私のアルバムを持ち出しているんですか!?」

「逆に問おう。可愛《かわい》い孫娘を自慢するのに、理由など必要か？」

バッカスさんはまったく悪びれることなく、逆に開き直ってみせた。

「わけのわからないことを言って、誤魔化さないでください！　とにかく、それは没収です！」

ローズが素早く手を伸ばすと、

「おっと、そう簡単には渡せんのぅ！」

バッカスさんはアルバムをひょいっと頭上へ掲げた。

「くっ、この！　早く、返せ！」

彼女は俊敏な動きで、必死にアルバムの奪取を試みるが……。

「ばららら！　そんな調子では、百年あっても届かんぞ！」

「くそ、相変わらず無駄に素早い……っ」

二人の身長差は大きいうえ、身体能力の差は歴然だった。

「ほれほれ、爺ちゃんにお前の成長した姿を見せておくれ」

「……いいだろう。望むところだ……！」

バッカスさんの安い挑発を受けた彼女は、額に青筋を浮かべて本気で奪いに掛かる。

しかし、

「ばららら、まだまだ青いのぅ！」

彼はまるで小さな子どもをあやすようにして、襲い掛かるローズを軽くあしらった。

「くっ、この……！」

「ふふっ、本当に仲良しさんなのねぇ」

「しかし、二人とも速いな！　さすがは桜華一刀流の正統継承者たちだ！」

「尋常じゃない体捌《たいさば》きなんですけど」

会長たちは温かい目で、ローズとバッカスさんの戦いを眺めている。

数分後、

「はぁ、仕方がないのぅ……。可愛い孫娘にこれほど請《こ》われては、爺《じい》ちゃんとして返さざるを得んわぃ」

根負けしたバッカスさんは、肩を竦《すく》めながらアルバムを返却し、

「はぁはぁ……っ。今度こんなことをしたら、絶対に許さないからな……！」

ローズは肩で息をしながら、戸棚の奥へアルバムを封印した。

「手厳しいのぅ。昔は『お爺ちゃんお爺ちゃん！』と言うて、カモの子どもみたいに後ろを付いて来たというのに……」

「う、うるさい！　昔は昔、今は今だ！」

更なる小話を暴露された彼女は、顔を赤くして大声をあげる。

（……なんか、こういう家族のやり取りっていいな）

冗談を言い合って、本気でじゃれ合って、最終的にはきちんと丸く収まる。

お互いの間に、確固たる信頼関係があってこそできることだ。

それに――怒りで敬語の取れたローズは、年相応の女の子のようでとても可愛らしい。

そんな風にして、バレンシア家の楽し気な日常を眺めていると――。

「アレン、その……っ。変な写真とか、入ってなかったか……？」

伏し目がちのローズが、そんな問いを投げ掛けてきた。

「あぁ、大丈夫だぞ。どれも可愛いらしいものばかりだった」

「そ、そうか……！　それはよかった……っ」

彼女は心の底から安堵《あんど》した様子で、ホッと胸を撫《な》で下《お》ろす。

ローズのアルバム事件が一段落したところで、俺たちは机の上にズラリと並んだお酒のツマミをごちそうになった。

枝豆・焼き鳥・から揚げといった定番のものから、あん肝《きも》・からすみ・このわたといった珍味まで、多種多様なツマミにみんなで舌鼓《したつづみ》を打つ。

「なんだかちょっぴり、お酒が飲みたくなってきたかも……」

「リア、それは大人になってからにしような？」

「え、ええ、もちろんよ……！」

口ではそう言ったものの、彼女はどこか物欲しそうな表情をしていた。

（もしかしたら……将来リアは、お酒飲みになるかもしれないな）

そんな一抹の不安を抱きながらも、ローズの淹《い》れてくれた温かいお茶をすする。

みんなでツマミを食べている間、バッカスさんはいろいろな話をしてくれた。

百五十年ほど前に引き分けた、氷を操る巨大な狼《おおかみ》との死闘。

かつて共に旅をした旧友との笑い話。

彼がよく湯治《とうじ》に使っているという、桜の国チェリンの隠れた名湯『桜の雫《しずく》』。

豪快な語り口と身振り手振りを交えたその話は、どれも本当に面白いものばかりだった。

その後、お酒のツマミもなくなり、話が一段落したところで、

「――小僧、アレン＝ロードルと言うたな？」

「は、はい」

神妙な面持ちのバッカスさんが、俺の名を呼んだ。

「先に剣を交えた折、随分と面妖《めんよう》な技を使っておったが……師は誰じゃ？　どこの流派に属しておる？」

「……っ」

そこについては、正直あまり触れられたくなかった。

無所属だと公表することはすなわち、自分で「落第剣士です」と名乗るようなもの。

でも、ここでそれを隠せば、かえって気にしているみたいでかっこ悪い。

だから俺は、ありのままの事実を打ち明けることにした。

「実は、いろいろな流派の先生に『入門させてください』と頼み込んだんですが……。あまりに剣術の才能がなさ過ぎて、どこにも入れてもらえませんでした。ですから、俺は『我流の剣士』です」

「ほぉ……才能がない、のぅ」

彼は意味深に呟き、ジッとこちらを見つめた。

（あの時の仙人が無才《むさい》の剣士へ声を掛け、そのうえ希少な一億年ボタンを連打させた？……ありえんじゃろ。奴《やつ》の目的に合致しておらん。先の立ち合いで見せた『闇』といい、この小僧はもしやすると……）

バッカスさんはしばらく黙り込み、

「なるほどのぅ、一応の事情はわかった」

あまり納得していない様子で何度か頷《うなず》いた。

「我流とは言え、小僧はこの儂《わし》と斬り結べるほどの剣術を身に付けておる。今更どこぞの流派をかじったとて、なんの足しにもならんじゃろう。――しからばどうじゃ、世界最強と謳《うた》われる我が秘剣『桜華一刀流』、学んでみる気はないか？」

バッカスさんの信じられない申し出に対し、一瞬言葉を失ってしまった。

「俺なんかが、あの桜華一刀流を……⁉　ほ、本当にいいんですか⁉」

「うむ。どこぞの三流剣士に教えてやる気はないが……。小僧の『力』には、儂も少しばかり興味がある。今回は特例というやつじゃ」

彼はそう言って、武骨《ぶこつ》な顔でニッと笑う。

「あ、ありがとうございます……！　ぜひお願いします！（やった、やったぞ！　どこの流派にも入れてもらえなかった俺が、まさかあの桜華一刀流を学べるなんて……っ）」

突然舞い降りた幸運に身を震わせていると、

「――ば、バッカスのおっさん！　私にも桜華一刀流を教えてくれないか⁉」

「私にも教えてほしいんですけど……！」

リリム先輩とティリス先輩が、前のめりになって食い付いた。

無理もない話だ。

桜華一刀流は、世界に名を馳《は》せる超名門流派。それを学べる可能性が目の前に転がっているとなれば、誰だって必死にもなるだろう。

「こらリリム、ティリス。桜華一刀流は『一子相伝の秘剣』なの。アレンくんは特例って、さっきバッカスさんが言っていたでしょ？」

会長はそう言って、二人を窘《たしな》めた。

しかし、

「――ばららら、よかろう！　今日は出血大サービスじゃ！　リリムとティリスにも、我が桜華一刀流の極意を授けてやろうではないか！」

バッカスさんは上機嫌に笑い、二人の願いを快諾した。

「ほ、本当にいいんですか⁉」

「いよっしゃー！　さすがはバッカスのおっさん、太っ腹だぜ！」

「ガタイの大きさは、心の大きさなんですけど……！」

会長は驚愕《きょうがく》に目を見開き、リリム先輩とティリス先輩はバッカスさんとハイタッチを交わす。

「あ、あの、私にも桜華一刀流を教えていただけませんか……⁉」

「私にも、お願いできないでしょうか⁉」

リアと会長がそう頼み込むと、

「もちろんじゃとも。お前さんらはローズの大事な友達、その願いを無下にはできん。それに何より……こんなべっぴんに頼み込まれたら、男として断れんわぃ！」

バッカスさんは鼻の下を伸ばしながら、「ばららら！」と豪快に笑った。

（あ、あはは……。酒好きに女好き、か……）

どうやら彼は、かなり欲望に忠実な性質《たち》らしい。

「はぁ……。お爺さまは本当に相変わらずですね……」

「ばらら、そう拗《す》ねるでない。どのみち『真の桜』を『接《つ》』げるのは、ローズだけじゃからのぅ」

バッカスさんはそう言って、彼女の頭にポンと右手を乗せた。

（真の桜……？）

聞き慣れない言葉に首を傾《かし》げていると、ローズがゴホンと咳払《せきばら》いをする。

「悪いが、あまり期待しないでくれると助かる。お爺さまの教え方は、はっきり言って壊滅的だからな……。それに何より、桜華一刀流の神髄は、学ぶものじゃないんだ」

……学ぶものじゃない？

彼女が気になることを口にした瞬間、バッカスさんがパンと手を打ち鳴らした。

「――さて、今日はもう遅い。このあたりでお開きといこうかのぅ」

部屋の掛け時計を見れば、時刻は既に二十時を回っている。

窓の外はもうすっかり真っ暗だ。

「お前さんら、寝床《ねどこ》は大丈夫なのか？　なんだったら、ここへ泊まっていってもよいぞ？」

「お気遣いありがとうございます。ですが、この国には私の別荘がございますので、今日はそこで体を休めようと思います」

会長がそうして丁寧にお断りすると、

「そうか、それならばよい」

彼は安心したように優しく微笑《ほほえ》む。

「さて、修業は明日の正午より、億年桜の裏にある無人島で行う。あそこならば、誰の邪魔も入らんからのぅ。修業が終われば、その足で湯屋《ゆや》へ行き、疲れと汗を流す予定じゃ。各自、着替えやバスタオルを用意して来るがよい」

「「「「はい！」」」」

「ばららら、明日が楽しみじゃわい」

修業の日時と場所が決まったところで、俺たちはバッカスさんの自宅を後にする。

（明日、俺はやっと流派の技を……それもあの桜華一刀流を学べるんだ！）

俺は胸の奥から湧き上がってくる興奮を抑えながら、飛空機《ひくうき》に乗ってアークストリア家の別荘へ帰るのだった。

■

翌日。

俺たちは簡単な朝食を囲んだ後、みんなで軽く汗を流した。

当然ながら、桜の国チェリンの観光は一旦打ち止めとなる。桜華一刀流を学べるという千載一遇のこの機会、剣士として見過ごすことはできない。

これは全員の共通認識だ。

既に桜華を修めているローズは、「私のことなら気にしないでくれ。みんなと一緒にお爺《じい》さまから剣を習うのも、また一興というものだ」と言ってくれた。

時刻は十一時三十分、予定の時間まで後三十分。

「みんな準備はいいかしら？」

会長はそう言って、別荘の玄関先に集まった俺たちへ視線を送る。

「もちろん、ばっちりだぜぃ！」

「タオルに着替え、飲み物に救急箱……完璧なんですけど」

リリム先輩とティリス先輩はオーケーサインを出し、

「いつでも行けます」

「私も大丈夫です！」

「こちらも問題ない」

俺・リア・ローズも、コクリと頷いた。

みんなのモチベーションはかつてないほどに高く、とてもいい雰囲気だ。

「よし、それじゃ行きましょうか！」

そうして俺たちは飛空機に乗って、億年桜の裏手にある孤島へ向かった。

その後、大空を飛ぶことしばし――眼下にバッカスさんの姿を発見した俺たちは、そのすぐ近くに着陸する。

「バッカスさん、おはようございます」

「うむ、おはよう」

彼は大きく頷いた後、

「なるほど、それが『ヒクウキ』なるカラクリか……。なんと言うか、えらく面妖《めんよう》な形をしておるのぅ。こんな小《ちい》こい鉄の塊が、大空を自由に飛び回るとは、全くわからん世の中になったもんじゃわい」

木陰に停《と》められた飛空機をまじまじと見つめながら、まるで理解できないという風に首を横へ振る。

「まぁ、カラクリのことなぞ、どうでもよいか。――よし、全員揃《そろ》ったところで、早速修業を始めようぞ！」

「「「「はいっ！」」」」

俺たちは手荷物を木陰に置き、バッカスさんのもとに集合した。

「それではまず、桜華一刀流のなんたるかを説明しよう」

彼は立派な白い髭《ひげ》をいじりながら、ゆっくりと語り始める。

「桜華一刀流は、決して複雑な剣術ではない。むしろその逆、これ以上ないほど単純明快な『実戦の剣』じゃ。徹底した基礎、効率的な体捌《たいさば》き、無駄のない力の伝達――それらが寄り集まり、『世界最強の剣』を為《な》しておる」

（なるほど、そう言われれば確かにその通りだな……）

ローズの剣には、全くと言っていいほど無駄がない。

　基本に忠実な斬撃・防御術・回避。どこまでも効率化された彼女の剣には、その細身からは考えられない『重み』が載っている。

「まぁこういうものは、習うより慣れろじゃ。これより儂がゆっくりと手本を見せるので、後からその動きを真似《まね》てみるがいい」

バッカスさんは左腰に差した太刀へ手を伸ばし――重心を深く落とす。

「桜華一刀流――雷桜《らいおう》」

刹那、まるで雷鳴の如《ごと》き一閃《いっせん》が空を駆けた。

「「「「……っ⁉」」」」

そのあまりの剣速に、俺たちはみんな言葉を失い、

「……さすがだ」

バッカスさんの技量を知るローズは、しみじみとそう呟《つぶや》いた。

(昨日の戦いでも見たけど、やっぱりとんでもなく速い……っ)

今のは間違いなく、これまで見てきた中でも『最速の抜刀術』だ。

(だけど、なるほどな……。今ので『雷桜の術理《じゅつり》』が見えてきたぞ！)

バッカスさんは鞘《さや》を水平に構え、抜刀の際に受ける重力抵抗を減少させていた。

そして腕を鞭《むち》のようにしならせることで、恐ろしいほどの加速を鞘の中で生み――さらには手首をスナップさせ、『最後の加速』を付けているのだ。

(この術理を応用すれば、七の太刀『瞬閃《しゅんせん》』はもっともっと速くなる……！)

修業開始早々に途轍《とてつ》もなく大きな手掛かりを摑《つか》んだ俺は、心を滾《たぎ》らせてグッと拳を握り締める。

一方、神速の抜刀術、桜華一刀流雷桜《らいおう》。その実演を終えたバッカスさんは、抜き身の太刀をゆっくりと鞘に納めていく。

「ふぅー……」

(……綺麗《きれい》だ)

雷のように激しい一閃の後に続く、清流《せいりゅう》の如く穏やかな納刀。

思わず見惚《みほ》れてしまうほど、美しく気高い残心《ざんしん》だ。

「今のが桜華一刀流における基本的な抜刀術、雷桜じゃ。さぁ、やってみるがいい」

彼はそう言って、真剣な眼差《まなざ》しをこちらへ向けた。

(よし、やるか……!)

俺は大きく息を吐き出し、精神を集中させる。

(ポイントは抜刀の角度・腕のしなり・手首のスナップだ)

先ほど摑んだいくつもの手掛かり、それらを一つ一つ丁寧に反芻《はんすう》し、自分の剣術へ落とし込んでいく。

そうして動きのイメージが固まったところで、一気に剣を抜き放つ。

「桜華一刀流――雷桜ッ!」

その瞬間、まるで雷鳴の如き一閃が左から右へ駆け抜けた。

「や、やった……！」

さすがに本家本元のバッカスさんの雷桜には、いまだ遠く及ばない。

しかし、今の居合斬りには、それに迫る確かな圧があった。

「ほぅ……。たった一度見ただけで、ここまで『真』に迫ってくるとはのぅ。速度はまだちと物足りんが……悪くない！　小僧、中々やるではないか！」

彼は「ばららら！」と豪快に笑い、俺の背中をバシンと叩《たた》く。

「あ、ありがとうございます……！」

嬉《うれ》しかった。

自分の剣術が誰かに認められたことが、ただただとても嬉しかった。

十数億年と重ねた努力。それが報われたような気がして、胸の奥から熱い思いが込み上げてくる。

しかも、俺の斬撃を褒めてくれたのは、かつて『世界最強の剣士』とまで言われた、桜華一刀流十六代目正統継承者バッカス＝バレンシア。

（よし、よしよしよし……っ。俺はまだ、もっと強くなれるんだ！）

確かな成長の実感を得た俺が、気持ちを高ぶらせていると——背中のあたりに、なんとも言えない視線を感じた。

（……なんだ？）

ゆっくり振り返るとそこには、リアたちの姿があった。

「「「……」」」

どこか呆然《ぼうぜん》とした表情でこちらを見つめる、リアたちの姿があった。

「ぬ、どうしたのじゃ？　何故《なぜ》、剣を振るわん？　もしやとは思うが……うっかり見逃してしまったのか？」

バッカスさんが不思議そうに首を傾《かし》げると、

「すみません……。もう一度、もっとゆっくり見せてもらえないでしょうか？」

リアは申し訳なさそうにそんな願いを口にした。

「むう、仕方がないのぅ。今度は見逃すことがないよう、しっかりと目を見開いておくのじゃぞ？」

彼は特に気分を害することなく、再び重心を落とす。

「桜華一刀流――雷桜」

先ほどより、わずかに速度を落とした一閃が空を駆けた。

「ほれ、こんな感じじゃ。さぁ、やってみるがいい」

実演を終えたバッカスさんがそう促すと――リアたちは円になって、何やら相談を始めた。

「「……？」」

その不思議な行動を目にした俺とバッカスさんは、顔を見合わせて小首を傾げる。

「……お爺さま……。私たちのような『普通の人間』に、あなたの雷桜は見えません。当然ながら、見えないものを学ぶことは不可能です。『人外《あなたたち》』を基準にして、修業されても困ります」

ローズが呆《あき》れたようにそう言うと、リアたちは一斉にコクリと頷《うなず》くのだった。

バッカスさんの斬撃が速過ぎて、このままでは修業にならない。

この問題を解決するため、修業方法にちょっとした工夫が施された。

まずはこれまで通り、彼がお手本の斬撃を放つ。

「桜華一刀流――桜閃《おうせん》」

まるで閃光のような突きが、一直線上に駆け抜けた。

その直後、ローズも全く同じ技を放つ。

「桜華一刀流――桜閃ッ！」

『超高速』の斬撃と『高速』の斬撃。

速度の違う二種類のお手本によって、俺たちは全員桜華一刀流の術理《じゅつり》を学ぶことが可能になった。

桜華一刀流の正統継承者たちによる実演が終わると、修業効率を上げるために技の『コツ』が説明される。

「この桜閃という技のコツは、グッと重心を落とし、ズバッと刺す感じじゃな」

バッカスさんの教え方は、控えめに言って地獄だった。

(身振り手振りを使って、真剣に教えてくれているのはわかるんだけど……)

彼の口から出てくるのは、「グッ」や「ズバッ」といった擬音《ぎおん》ばかり。

残念ながら、これではあまり参考にならない。

バッカスさんの抽象的な説明が終わると、今度はローズの番だ。

「桜閃を放つ際には、三つのポイントがある。それは突きの角度・重心移動のタイミング・軸足の位置だ。まず突きの角度だが、実はこの技は真《ま》っ直《す》ぐに放っているのではない。剣の先端は、ほんの僅かに斜め下を向いているんだ。こうすることによって重力を――」

彼女の教え方は、まるで天国のようだった。

聞き取りやすい綺麗な声に具体的で論理的な説明。

そして何より、こちらの理解度をちゃんと確認しつつ進めてくれるから、置いてけぼりになることがない。

（もしかしたらローズは、先生に向いているのかもしれないな）

俺のそんな思いを裏付けるようにして、

「――ねぇ、ローズ。重心移動のタイミングなんだけど、こんな感じでいいの？」

「あぁ、いい調子だ。さすがはリアだな」

「ローズさん、軸足の位置はこのあたりでいいのかしら？」

「そうだな……。もう少しだけ、左に寄せた方がいい。……そう、その位置だ」

その結果、
彼女は瞬《また》く間《ま》に人気講師となり、リアや会長たちは次々にコツを聞きに行っていた。

「バッカスさん、質問をしてもいいでしょうか？」

「うむ、もちろん構わんぞ」

俺はほとんどマンツーマンの状態で、バッカスさんとの修業に臨むことになる。

「重心移動のタイミングが、ちょっと掴みづらいんですけど……。何かコツのようなものありますか？」

「そうだのぅ……。剣をグッと引いたときに後ろ。ズバッと押し出したときに前。という感じじゃな」

「……ありがとうございます」

残念ながら、あまり参考にはならなさそうだ。

■

修業開始から早数時間。

人間というのは不思議なもので、バッカスさんの地獄のような教え方にも、すっかり慣れてしまった。

「ふぅー……っ」

俺は剣をへその前に置き、正眼《せいがん》の構えを取る。

静かに目を閉じ、呼吸を整え、精神を統一し——先ほど、新たに教えてもらった技を放つ。

「桜華一刀流——夜桜《よざくら》ッ！」

夜闇を断ち斬るような鋭利な斬撃が空を走った。

（よし、手応えありだ……！）

評価を求めるようにして振り返ると、

「——惜しい、後もう一歩だのぅ！　夜桜はもっとこう『ドンッ』とやって、『ザンッ』じゃ！」

バッカスさんはそう言って、『後もう一歩』を埋めるためのヒントを教えてくれた。

「なるほど……。ここをドンッとして……ザンッですね！」

言われた通りにして、もう一度夜桜を放つと、

「おぉ、それじゃそれ！　やればできるではないか！」

彼は会心の笑みを浮かべ、俺の肩をバシンバシンと叩く。

「ありがとうございます！」

バッカスさんの教え方は、確かにちょっと大味なところがあるけど……。よくよく耳を傾ければ、その意味するところがちゃんと伝わってくる。

今ではもう、彼の口にする擬音の意味がはっきりとわかるようになっていた。

（そうだよな。確かに夜桜は、ドンッとやってザンッだよな）

これ以上的確な表現を探すのは、中々に難しいだろう。

「……ねぇ、ローズ。どうしてアレンは、バッカスさんのあの教え方で、めきめきと上達しているのかしら？」

「おそらく人外同士、言葉以外の何かで通じ合っているのだろう。私たち人間には到底理解できないし、理解する必要もないことだ」

リアとローズがこちらを見ながら、何か話し合っているような気がしたけれど……。多

分、気のせいだろう。

それからさらに一時間二時間と修業に打ち込んだところで、

「――よし、そろそろ休憩を挟もうかのぅ！」

バッカスさんはパンと手を打ち鳴らし、短い休憩時間に入った。

「ふぅ、けっこう汗かいちゃったわね」

「お爺《じい》さまの修業は中々にハードだからな」

リアとローズは持参したタオルで汗を拭い、

「桜華一刀流、ちょっとは身に付いたかしら？」

「あぁ、間違いない！　なんとなく強くなった感じがするぞ！」

「そんな一朝一夕《いっちょういっせき》で身に付くものじゃないと思うんですけど」

会長たちは持参した水筒で水分補給をする。

みんなが体を休める中、

（よし、ようやく自主練の時間が来たぞ！）

俺はここぞとばかりに剣を取った。

（さっき教えてもらった神速の居合斬り、桜華一刀流雷桜《らいおう》）

あそこで摑《つか》んだ『抜刀の術理』、これを七の太刀瞬閃《しゅんせん》に当てはめれば、きっとさらなる速度向上が図れるだろう。

（注意すべきは、抜刀の角度・腕のしなり・手首のスナップだったな……）

頭の中で完璧な動きのイメージを構築していると、

「――小僧、ちょっとよいか？」

バッカスさんから、お呼びの声が掛かった。

「あっ、はい」

俺は剣を鞘《さや》に仕舞い、切り株に腰掛けた彼のもとへ向かう。

「どうかしましたか？」

「いやな、どうしても小僧に頼みたいことがあるんじゃ」

「頼みたいこと、ですか？」

バッカスさんが俺に頼みたいこと……なんだろうか？

「お前さんの中には、途轍《とてつ》もなく強い霊核が眠っている。そうじゃな？」

「……はい。俺の知る限り、アイツより強い剣士はいません。あれは文字通り、『化物』です」

天上天下唯我独尊《てんじょうてんげゆいがどくそん》、思考から倫理観に至るまで、全てが無茶苦茶な奴《やつ》だ。

しかし、その力はまさに『最強』。

ゼオンが負ける姿なんて、想像することもできない。

「ほぅ、そうかそうか。そんなに強いのか……！」

バッカスさんはしみじみと呟《つぶや》き、嬉《うれ》しそうに笑った。

「なぁアレンよ、その化物と戦わせてはくれんかのぅ？」

「ど、どうしてそんな危険なことを……⁉」

アイツと戦うなんて、ただの自殺行為にしか思えない。

「ほれ、昨日も言うたじゃろう？　『一流の剣士と相見《あいまみ》えたならば、己《おの》が剣術をぶつけたくなるのが性《さが》』だとな。小僧ほどの剣士が『化物』と称する霊核……血が疼《うず》いてたまらんのじゃ！」

「な、なるほど……」

どうやら彼は酒好き・女好きに続いて、無類の戦闘好きでもあるようだ。

「ですが……どうやって、霊核と戦うつもりなんですか？」

ゼオンは霊核であり、実体をもたない。

俺が奴に体を明け渡せば、バッカスさんの願いは叶《かな》うだろうけど……。

（それだけは、何があっても絶対に駄目だ）

詳しい仕組みはよくわからないが……。

俺が強くなればなるほど、それに伴って奴も強くなっていく。

（まだ『闇』を使えないとき、奴はシドーさんを圧倒した。そして魂装を発現していないときでさえ、フーとドドリエルを軽く一蹴《いっしゅう》した）

闇の操作を覚え、魂装を発現した今の俺が、もしもゼオンに体を乗っ取られてしまったら……？

おそらくあいつはかつてないほど強力な闇を纏《まと》い、破壊の限りを尽くすだろう。

（下手をすれば、桜の国チェリンが崩壊する。いや、それだけで済めばマシなぐらいかもしれないな……）

俺がそんな恐ろしい想像に背筋を凍らせていると、

「霊核と安全に戦う方法なぞ、古来より一つしか存在せん。儂《わし》が『小僧の魂の世界』へ入るんじゃよ！」

バッカスさんは、とんでもない案を口にした。

「そ、そんなことができるんですか⁉」

確かにあそこならば、精神的ダメージは負うけれど、肉体へのダメージはゼロだ。

（でも、他人の魂の世界へ踏み入ることなんてできるのか？）

そんな俺の心配は、杞憂《きゆう》に終わった。

「ばららら！　儂のように『魂装の先』へ到達した者ならば、その程度児戯《じぎ》のようなものじゃ！」

「魂装の先？」

そう言えば……クラウンさんも、前に同じようなことを言っていた気がする。

「なんじゃ、まだ『真装《しんそう》』について教えてもらっとらんのか？」

「……真装？」

「うむ、魂装を極《きわ》めた天賦《てんぶ》の才を持つ剣士は、いずれ真装へたどり着く。じゃがまぁ、お前さんはまだまだ若い。今はしっかり基礎である魂装を極めるのが先じゃな」

「な、なるほ、ど……？」

わかったような、わからないような……。

とにかく、俺はまだ魂装の『基礎』段階であり、『発展』にはほど遠いことは理解できた。

「それで話を戻すんじゃが……ちょいとだけ、ほんのちょいとだけでよい。小僧の霊核と立ち合わせてくれんか？」

バッカスさんは両手を合わせて、必死に頼み込んできた。

（困ったな……）

今しがた桜華一刀流を教えてもらったばかりということもあって、心情的にもとても断りづらい。

「はぁ……わかりました」

「おぉ、そうか！　感謝するぞ、小僧！」

彼は小さな子どものように目を輝かせ、嬉しそうに破顔《はがん》する。

「ですが、本当に注意してください。俺の霊核はとにかく気性が荒いんです。もしも危険を感じたら、絶対に無理をせず、すぐに退いてくださいね？」

魂の世界において、肉体的ダメージは存在しない。

しかし、あそこで死亡した場合、強烈な精神的ダメージを負うことになる。

（ローズの話によると、バッカスさんは既に二百歳を超え、体は不治の病でボロボロらしい……）

そんな人が強烈な精神的ダメージを負ったら……。あまり考えたくはないけど、『万が一』ということがあるかもしれない。

「うむ、約束しよう！　この身に危険を感じたら、すぐに現実世界へ帰るとな！」

バッカスさんはそう言って、コクリと頷《うなず》いてくれた。

「それで、どうやって俺の魂の世界に入るんですか？」

「お互いの霊力を薄くつなぎ合わせていくんじゃよ。まぁ難しいことは、全て儂の方でやっておこう。小僧は特に何もせず、気を楽にしておいてくれ」

そうして彼は、俺の右肩へ手を乗せる。

「ちょいとばかし、お邪魔させてもらおうかのぅ」

その後、バッカスさんは静かに目を閉じ――ゼオンの支配する魂の世界へ入っていくのだった。

あれからどれくらいの時間が経《た》っただろうか。

(なんか、変な感覚だな……)

胸の奥底で、巨大な二つの霊力が激しくぶつかり合っているのがわかる。

怒気に満ちたどす黒い邪悪な霊力、これは間違いなくゼオンだ。

そしてもう一方――ローズとよく似た清廉《せいれん》な霊力、こちらはきっとバッカスさんだろう。

(頼むから、何事もなく無事に終わってくれよ……っ)

強くそう願いながら、バッカスさんの帰りを待っていると、

「が、は……っ」

突然、彼の巨体がグラリと揺れ、そのまま前のめりに倒れ伏す。

「ば、バッカスさん……大丈夫ですか!?」

「ば、ばら、ら……。なんのこれしき……がふっ……」

彼は大量の血を吐き出し、そのままピクリとも動かなくなった。

（こ、これはマズいぞ……っ）

おそらくバッカスさんは魂の世界でゼオンに殺され、強烈な精神的ダメージを負ったのだろう。そしてそれが引き金となり、『不治の病』が悪化してしまったのだ。

（とりあえず、応急処置だけでも……!?）

俺はすぐに漆黒の闇を展開し、彼の全身を優しく覆ったが……容体が安定する気配は全くない。

（くそ、やっぱり駄目か……っ）

ゼオンの闇は外傷や呪いに絶対的な効力を発揮するものの、病気についてはなんの効果も示さない。

つまりこの吐血は、バッカスさんの持病によるものと見て間違いない。

「――ローズ、こっちだ！　すぐに来てくれ！」

「どうした、何かあったの……なっ!?」

小走りで駆け寄ってきた彼女は、地面に倒れ伏すバッカスさんを見て固まってしまう。

「お、お爺《じい》さま!?」

硬直の解けたローズはすぐに周囲を見渡し、バッカスさんの胸に手を乗せ――ホッと安《あん》堵《ど》の息をつく。

「はぁ、よかった……」

しみじみと呟く彼女に対し、リアと会長が質問を投げる。

「だ、大丈夫なの？」

「素人目《しろうとめ》だけれど、今すぐ病院を連れて行った方がいいんじゃないかしら？」

二人の提案に対し、ローズはゆっくりと首を横へ振った。

「いや、その必要はない。お爺さまは、かつて『不死身のバッカス』と呼ばれていてな。『力を使い果たす』か『即死』さえしなければ、彼が死ぬことは絶対にないんだ。――心配を掛けてすまなかった。その気遣いに感謝する」

彼女は小さく頭を下げた後、こちらへ向き直る。

「しかし、アレン。いったい何があったんだ？　突然、病状が悪化したのか？」

「いや、実はだな……」

それから俺は、先ほどあった出来事を全て話した。

「なるほど、アレンの霊核と戦ったのか……」

「……悪い。俺がちゃんと止めていれば、こんなことにはならなかった」

真っ正面からゼオンと戦うなんて、ただの自殺行為だ。

バッカスさんになんと言われようが、絶対に止めるべきだった。

俺がそんな風に先ほどの判断を悔やんでいると、

「いや、こちらこそすまない。お爺さまが、またアレンに無茶を言ってしまったようだ。なにぶん昔から、戦うことが大好きな人でな。強い剣士を見掛けると、しつこく何度も迫る悪癖があるんだよ……。今後はこういうことがないよう、しっかりと注意しておく」

ローズは頭を抱えながら、申し訳なさそうに謝罪した。

彼女は彼女で、いろいろと苦労しているようだ。

そうして事態が一段落したところで、俺は精神世界の大馬鹿野郎に呼び掛ける。

「――おい、ゼオン。お前のことだから、どうせこうなるだろうと思っていたけど……さすがにちょっとやり過ぎだぞ？」

チクリと小言を言えば、胸の奥底からアイツの低い声が返ってきた。

「――クソガキ、てめぇそれはこっちの台詞《せりふ》だ。もう二度とあんな面倒くせぇのを送ってくんじゃねぇぞ……。それから、あの老いぼれにはあまり深入りするな。誰に聞いたのか、少しばかりこっちの事情を知っていやがる」

「『こっちの事情』？」

「てめぇにはまだ早ぇよ。わかったら大人しく、素振りでもしていやがれ」

ゼオンはそう言って、一方的に会話を打ち切った。相も変わらず、自分勝手な奴《やつ》だ。

(しかし、珍しいな……)

あいつはいつも上から目線でものを言い、剣を交えた相手に敬意を払うことはない。

むしろ雑魚《ざこ》だのなんだのと言って、散々に罵倒し倒すぐらいだ。

(だけど、バッカスさんに対しては『面倒くせぇの』と言っていた)

それはつまり、あのゼオンが『面倒だ』と感じるほど、彼は善戦を繰り広げたということを意味する。

(バッカス＝バレンシア、かつて世界最強の剣士と呼ばれた男か……)

やはりただ者ではないようだ。

バッカスさんが意識を失ってから、三分ほどが経過した頃、

「う、うぅ……っ」

彼はうめき声を上げながら、ゆっくりと上体を起こした。

「バッカスさん、大丈夫ですか？」

「はぁはぁ、もう平気じゃ……。すまん、心配を掛けたのぅ」

彼はその場で胡坐《あぐら》をかき、ゆっくりと息を整える。

（……凄《すご》いな。本当にとんでもない回復力だ……）

さっきまで土色だった顔が、みるみるうちに生気を帯びていく。

一時はどうなることかと思ったけど、この様子だと大丈夫そうだ。

「――お爺さま、水をお飲みください」

ローズがバッカスさんの巨大な水筒を差し出すと、

「おぉ、こいつはありがたいのぅ……！」

彼はゴキュゴキュッと、浴びるように中の水を飲み干した。

「ぷはぁ……っ。しっかし、あやつは強いのぅ……。『死』を覚悟した戦いなぞ、久しく忘れておったわい！」

バッカスさんはそう言って、「ばららら！」と豪快に笑う。

「それでその……どう、でしたか……？」

俺は恐る恐る、ゼオンとの戦いについて尋ねた。

「あぁ、ありゃ無理じゃ。絶対に勝てん」

バッカスさんは肩を竦《すく》めながら、静かに首を横へ振る。

「全盛期の儂《わし》ならばともかく、病でボロボロになったこの体では、百回やっても百回殺されるのが関の山じゃのぅ」

「も、もしも全盛期なら、あのゼオンに勝てるんですか⁉」

「むぅ、正直なんとも言えんのぅ……。何よりそれは『対等な条件』ではない」

バッカスさんは難しい表情で白い髭《ひげ》を揉《も》み、さらに話を続けた。

「今の儂に『病』という大きな足枷《あしかせ》があるのと同じく、奴も何やら『強烈なハンデ』を背負っているようじゃ」

「強烈なハンデ？」

「あの邪悪な闇を司《つかさど》る化物は、えらく戦いづらそうにしておった。発動仕掛けた技が不発に終わったり、せっかく凝縮させた闇が突如霧散《むさん》したりとのぅ。いったい何があるのかは知らんが、奴には相当強い制約が掛けられておるようじゃ」

「そ、そうなんですか……」

ゼオンとはこれまで何度も剣を交えてきたけど、あいつが戦いづらそうにしているところなんて、ただの一度として見たことがない。

（あいつにとって俺は、本気を出すまでもない相手ということか……）

そしてバッカスさんは、ゼオンが潰しにかかるレベルの剣士というわけだ。

やはりこの人は、俺よりもずっと『高み』にいるらしい。

（もっともっと修業して、いつか絶対にゼオンの鼻を明かしてやる！）

そのためにも今は、今は桜華一刀流を学べるこの絶好の機会を活《い》かさなければならない。

（よし、やるぞ……！）

強く拳を握り締め、修業の熱を燃やしていると、

「しかし、小僧……。あんな化物を内に宿しながら、よくもまぁ自我を保っていられるのぅ。常人ならば、物心つく前に体を乗っ取られて終わりじゃぞ」

バッカスさんは、そんな恐ろしいことを口にした。

「えっ、そうなんですか……？」

「うむ。『十数億年の素振り』の件もそうじゃが、あの化物さえ縛り付ける、常軌を逸した精神力……。もしかするとそれは、お前さんの持つ『最強の武器』かもしれんのぅ」

「あ、ありがとうございます！」

その後、俺は鬼気迫る勢いで修業に打ち込み、一時間二時間と経過したところで、バッカスさんがパチンと手を打ち鳴らす。

「――今日の修業はここまで！　みんな、よく頑張ったのぅ！　この後は湯屋《ゆや》へ行き、汗と疲れを流そうぞ！」

「「「「ありがとうございました」」」」

俺たちは稽古を付けてもらった礼を言い、彼の後に続いて湯屋へ向かうのだった。

■

俺たちはバッカスさんの後に続いて、険しい獣道を進んで行く。

（これはまた、随分と奥まったところにあるんだな……）

現在地は、桜の国チェリンの南部に鬱蒼《うっそう》と茂る林の中。この道をずっと進んだ先に、湯屋『桜の雫《しずく》』があるそうだ。

「本当にこんなところに湯屋があるのかしら……」

「どんどん人里から離れていくな。──バッカスのおっさん、道はちゃんとあってるのか？」

「この先に名湯があるなんて、にわかには信じられないんですけど」

会長たちがそんな疑問を口にすると、

「ばららら！　安心せい、まだまだボケてはおらぬ！　ちゃんとこの先に桜の雫はある！」

彼はそう言って、ズンズンと大股で進んでいった。

（湯屋、桜の雫か……）

なんでもそこはとても有名なお店で、効能抜群の『秘湯《ひとう》』が湧いているらしいが……。

寡黙《かもく》で気難しい主人が営業しているため、一見《いちげん》さんが来ても絶対に入れてくれないそうだ。

ただ、バッカスさんとそこの主人は昔からの酒飲み仲間なので、彼とその友人はいつでも無料で入れてもらえるとのことだ。

それから五分十分と歩き続けていくと、一気に視界が開けた。

「――ほれ、着いたぞ」

視界の先には、少し古びた大きな湯屋。

「ここは儂がよく湯治《とうじ》に使っておるんじゃ。これまで様々な温泉につかってきたが、ここを超えるものはなかったわぃ！　疲労回復はもちろん、美肌効果・肩凝り・冷え性などな ど、まさに『命の湯』と言えるじゃろう！」

バッカスさんがそんな紹介を口にすれば、

「び、美肌効果……！」

「肩凝り……！」

リアと会長はキラリと目を輝かせて、強い興味を示した。

「今はちょうど十六時じゃから、そうだのぅ……。十七時半ごろ、店の前で合流としようか」

そうして集合時間が決まったところで、

「――おぅ、入るぞ！」

バッカスさんは大きな暖簾《のれん》を豪快にかき上げ、勢いよく湯屋の中へ入っていった。

「……………あぁ」

店の主人らしき男は短く呟《つぶや》き、手元の新聞へ視線を落とす。

どうやら、本当に寡黙な人のようだ。

それから俺とバッカスさんは男湯へ、リアたちは女湯へ分かれる。

男女別々の暖簾《のれん》をくぐるとそこには――とてもシンプルな造りの脱衣所が広がっていた。

(なんか、いい感じだな)

ずらりと並んだロッカー、その上に載せられた網籠《あみかご》。簡易式の冷蔵庫には、ミックスジユースやコーヒー牛乳が詰められている。

本当に『昔ながらの湯屋』という感じがして、とても居心地のいい空間だ。

「なんだか落ち着くところですね」

ゴザ村に唯一あった湯屋も確かこんな雰囲気だった。

「ばららら、中々見る目があるではないか。儂も最近のごちゃごちゃした内装よりは、こういう簡素で趣《おもむき》のあるのが好みじゃな」

俺たちはそんな話をしながら、着々と準備を進めていく。

手荷物をロッカーに入れ、服を脱ぎ、体を洗うタオルを手に取ったところで――俺の視線は、バッカスさんの裸体に釘付《くぎづ》けとなった。
（あぁ、本当に『いい体』だな……）
鋼のような筋肉はもちろんのこと、その体にはいくつもの傷跡が刻まれている。
太刀傷・刺し傷・裂傷をはじめ、咬傷《こうしょう》・熱傷《ねっしょう》・爆傷《ばくしょう》などなど……。
それらを見るだけで、彼がこれまで経験してきた壮絶な戦いが思い起こされていく。
剣士としての生き様を映したその裸体は、まるで一つの芸術品のようだ。
（……美しい）
踏んできた場数・潜ってきた修羅場・越えてきた死線――どれをとってもまさに別格。
そこには重厚で濃密な『経験値』が詰まっていた。
俺がバッカスさんの綺麗《きれい》な裸に魅せられていると、
「――どうした小僧？　悪いが、儂にその気はないぞ？」
彼は意地の悪い笑みを浮かべ、そんな軽口をこぼした。
「へ、変なことを言わないでください！　俺もノーマルですよ！」
「ばららら、それなら安心じゃ！　一瞬、肝を冷やしたわい！」
彼は楽しげに肩を揺らし、脱衣所の扉を開けた。
するとそこには、まさに秘湯と呼ぶにふさわしい温泉があった。

「こ、これは……っ！」

透明な水面から立ち昇る白い蒸気。

夕焼けに照らされた鮮やかな桜吹雪。

大自然を感じられる岩組《いわぐみ》の露天風呂《ろてんぶろ》。

まるで異世界に足を踏み入れたような、幻想的な光景が広がっている。

「凄く風情がある温泉ですね！」

こんなに立派なものだとは、夢にも思っていなかった。

「ばららら、そうじゃろうそうじゃろう！　ここは世界で一番の湯屋なんじゃ！」

バッカスさんは上機嫌に笑い、洗い場の丸椅子へ腰を下ろす。

「さぁ小僧、さっさと体を洗って、気持ちのいい温泉を堪能《たんのう》しようではないか！」

「はい！」

それから俺たちはシャワーでサッと体を流し、頭を洗っていく。シャンプーとボディソープは洗い場にワンセットずつ備わっており、二つともシンプルな石鹸《せっけん》のかおりがした。

（……考えてみれば、これはいいチャンスだな）

バッカスさんとは、一度ちゃんと話したいと思っていたところだ。

（ゼオンは『あまり深入りするな』と言っていたけど……）

やっぱり俺には、彼が悪い人には見えない。

（ローズの遠いお爺《じい》さんということもあるし……）

それに何より、一度剣を交えたときも全く『嫌な感じ』がしなかったのだ。

ただただ純粋。どこまでも真《ま》っ直《す》ぐな剣術への想《おも》いが、斬撃を通してひしひしと伝わってきた。

（……よし、ちょっと聞いてみるか）

俺はゴホンと咳払《せきばら》いをして、それとなく話を切り出してみる。

「バッカスさん。あの……少し聞きたいことがあるんですが、いいでしょうか？」

「なんじゃ、いきなり改まって……。儂《わし》とお前さんは既に一度斬り結んだ仲じゃ、なんでも聞くがよい」

「ありがとうございます。では早速——あなたは一億年ボタンについて、どこまで知っているんですか？」

「……………あぁ、その話か……」

彼は体を洗う手を止め、ゆっくりと口を開いた。

「巻き込まれたのか、巻き込んだのか……。どちらかは知らんが、小僧は『関係者』のようじゃからのぅ。——よし。儂が知っておることでよければ、全て教えてやろう」

「あ、ありがとうございます！」

バッカスさんは体をこちらに向け、水気《みずけ》を吸った髭《ひげ》を揉《も》む。

「小僧も知っての通り、一億年ボタンは時の仙人によって生み出された『呪いのボタン』じゃ。それを押した者は一億年もの間、時の世界へ囚《とら》われてしまう」

基本的なことを説明した彼は、さらに話を続けていく。

「人間の心は『一億年の孤独』に耐えられるほど、丈夫にできておらん。長くても千年、短ければ一年と経《た》たんうちに自害を選んでしまう。一億年ボタンを押してしまった者は、心が壊れてしまう前に、なんとかしてあの世界を斬り裂き、元の世界へ帰還せねばならんのじゃ」

「そ、そうなんですか……？」

そんな話は初めて聞いた。

「うむ。小僧のように一億年を乗り切った話なぞ――ましてやあの一億年ボタンを連打した話なぞ、これまで一度として耳にしたことがない。お前さんは『例外の中の例外』じゃな」

そう言えば……レイア先生に初めて『十数億年、ただひたすらに素振りしていたこと』を打ち明けたとき、彼女は心の底から驚いていたっけか。

「そしてこの一億年ボタンは、そう何個もホイホイと作り出せるものではないらしい。なんらかの厳しい条件をクリアして、ようやく一個この世に生み出せる貴重なもののようじゃ。そのため時の仙人は、ボタンを押させる者について『選別』を行っておる」

「選別、ですか？」

「あぁ、そうじゃ。奴《やつ》は世界中を飛び回り、ずば抜けた才能を持つ剣士を探しておる。そしてそのお眼鏡にかなった剣士にのみ、一億年ボタンの存在をちらつかせるんじゃ」

「……時の仙人の目的は、いったいなんなんでしょうか？」

わざわざ世界中を飛び回り、希少な一億年ボタンを配って……奴になんのメリットがあるんだろうか？

「時の仙人の目的はただ一つ――『破壊の子』を探すことじゃよ」

バッカスさんは重々しくそう言って、何故《なぜ》かこちらへ鋭い視線を向けた。

俺はなんとも言えないプレッシャーを感じながら、話を先へ進めていく。

「破壊の子……？」

「破壊の子は、世界の秩序と理《ことわり》を破壊し、『大変革』をもたらす恐るべき力を秘めた運命の子。時の仙人は、そやつを血眼《ちまなこ》になって探しておる」

「その破壊の子を見つけたとして、時の仙人は何をするつもりなんですか？」

「さぁのぅ、そこまでは教えてもらえなんだ……。というのも、ここまでの話は遥《はる》か昔に聞きかじったものなんじゃよ」

彼はそう言って、バリボリと頭を掻《か》いた。

「というと、一億年ボタンについて誰か他に詳しい人が？」

「うむ。しかし、懐《なつ》かしいのぅ。あやつは、なんでも知っとる不思議な男じゃったわぃ……」

バッカスさんは遠い目をしながら、ゆっくりと語り始めた。

「今より百五十年ほど前……儂は自分より強い剣士を探すため、武者修業の旅に出ておった。あのときは気力・体力共に充実した『全盛期』というやつでのぅ。儂がひとたび剣を振れば、海は割れ、天は裂け、海を割れ——幾千幾万の剣士が倒れ伏した！　まさに天下無敵！　蛮勇《ばんゆう》を奮《ふる》っておったわい！」

彼はそんな武勇伝を語り、「ばららら！」と豪快に笑う。

「幾千幾万……？」

さすがにそれは、ちょっと大袈裟《おおげさ》ではないだろうか。

「嘘《うそ》ではないぞ？　儂は生まれてこの方、ただの一度も嘘をついたことがないからのう！」

彼はバシンと俺の背中を叩《たた》き、話の続きを語る。

「そうして儂が世界各地を巡り歩いていたとき、テレシア公国で一人の剣士と出会った。なよっとした細身の若い男じゃったが、その剣術は恐ろしいほどに冴《さ》え渡《わた》っていてな。休みなく三日三晩と斬り結んだ結果、終《つい》ぞ決着はつかんかった。今でも瞼《まぶた》を閉じれば、つい先ほどのことのように思い起こされる。あの剣戟《けんげき》は、本当に楽しかったのぅ……」

全盛期のバッカスさんと互角……。

どうやらその剣士は、とんでもない高みにいるようだ。

「その後、儂とそやつは友となり、しばらく一緒に旅をした。なんでも奴は『大望』を為《な》すため、強い仲間を探しているとのことじゃった。年の割には、いろいろなことを知っておる奇妙な男でのぅ……。一億年ボタン・時の仙人・超越者、その他にも幻霊や魔族についてなど、一緒に旅をしておる間にいろいろな話を聞かされたもんじゃ。まぁつまり、儂がさっきした話は、その友から聞きかじったものというわけだ」

「なるほど、そうだったんですか……。百五十年前ともなれば、さすがにもうそのご友人は亡《な》くなっていますよね」

これまでずっと謎に包まれてきた、一億年ボタンと時の仙人。その秘密を知れる、またとないチャンスだと思ったんだけど……。

（バッカスさんのように二百年を越えて生きる人なんて、常識的に考えれば存在しないよな……）

俺が小さく肩を落とすと、

「いいや、まだまだ普通に生きておるぞ。近頃はめっきり会わんようになったが、たまに『物騒な便り』を寄こしてきおる」

バッカスさんは何でもない風に、信じられない言葉を口にした。

「ま、まだ生きていらっしゃるんですか⁉ ぜひその人の名前を教えてください！」

「あぁ、構わんぞ。そやつの名は、バ――」

彼が旧友の名を口にしようとしたその瞬間、

「――すまない、アレン。こっちのボディソープが、切れてしまっているようだ。ちょっと君のを貸してくれないか？」

横合いから、困り顔のセバスさんが割り込んできた。

「あっ、はい。こちらを使ってくださ……い⁉」

思わず、二度見してしまう。

いったいどういうわけか、俺の左隣にはかつて千刃学院の生徒会副会長を務めた、皇帝直属の四騎士セバス＝チャンドラーがいたのだ。

予想外の事態に、大きく後ろへ跳び下がる。

「せ、セバスさん……っ。どうしてあなたがここに……!?」

「んー、まぁちょっとした『休暇』だな。っと、それよりボディソープありがとう。助かったよ」

彼は軽くそう言って、ゴシゴシと体を洗っていく。

「きゅ、休暇って……」

神聖ローネリア帝国の最高戦力が、そんな気軽にフラフラと歩き回っていいのだろうか。

そんな風に俺が呆然《ぼうぜん》としていると、

「小僧、こやつは何者じゃ……?」

バッカスさんはかなり興味深そうに、セバスさんの裸体をジッと見つめた。

「この人はセバス＝チャンドラー。千刃学院に潜伏していた黒の組織の一員、それも『皇帝直属の四騎士』と呼ばれる、敵の最高戦力の一人です……っ」

「ほう、やはり相当な腕の持ち主か！」

彼は「獲物を見つけた」とばかりに口元をニィッと歪《ゆが》める。

「どうだセバスとやら、風呂上《ふろあ》がりに一発、儂と立ち合わんか？」

「いやぁ、それは勘弁願いたいですね。つい最近『長年に亘《わた》る潜伏任務』が終わったところでして……しばらくの間は、平穏無事な日常を過ごすつもりなんですよ。それに何より、かの有名な『不死身のバッカス』とやり合うには、僕では少々荷が勝ち過ぎる……」

いつも余裕の笑みを絶やさないセバスさんが、このときばかりは緊迫した面持ちを浮かべている。皇帝直属の四騎士から見ても、バッカス＝バレンシアという剣士は相当な脅威に映るらしい。

「ばららら！　あのバレル＝ローネリアの認めた四騎士が、随分と弱気ではないか！」

「……自信が全くないわけじゃありませんよ。あなたとやり合うとなれば、こちらにもそれ相応の覚悟が必要なんです。申し訳ありませんが、また別の機会にさせてください」

セバスさんは苦笑いを浮かべ、軽く頭を下げた。

「むぅ、普段ならば問答無用で斬り掛かるところじゃが……。お前さん、運がえぇのぅ。あいにく今だけは、あまり騒ぎを起こすわけにもいかんでな。見逃してやろう」

バッカスさんは口惜《くや》しそうに呟《つぶや》き、何故か素直に矛を収めた。

その後、全員が体を洗い終えたところで、

「――ところでセバスさん、『本当の目的』はなんですか？」

俺は一歩踏み込んだ質問を投げてみた。

現状、五大国と神聖ローネリア帝国の関係は『過去最悪』とも言えるレベルだ。

もはやいつ何時『全面戦争』が勃発《ぼっぱつ》してもおかしくない今、皇帝直属の四騎士がなんの目的もなく桜の国チェリンをうろついているわけがない。

(しかも、たまたま偶然俺たちと遭遇するなんて、あまりに話が出来過ぎている……)

狙いはリアか会長か、はたまた俺か……。

ともかく、何かしらの目的があっての行動と見て間違いない。

そうしてジッとセバスさんの目を見つめると、彼は観念したように肩を竦《すく》める。

「休暇……と言っても、信じてもらえなさそうだね。君の予想通り、今日は『とても大きな目的』があってここへ出向いているんだ」

「とても大きな目的……?」

「まぁなんだ、こうして大の男が何もせず、素《す》っ裸《ぱだか》で語り合うというのも味気ない。せっかくの温泉だし、お互いに積もる話もあるだろう。続きはあそこでしようか」

セバスさんはそう言って、サウナ室を指差したのだった。

■

俺・セバスさん・バッカスさんの三人は、白いタオルを一枚だけ持ち、サウナ室へ入る。

(へぇ……。見た目は古いログハウスみたいなのに、中はかなり本格的だな……)

部屋の壁三面に設置された、高さの異なる三段ベンチ。床に敷き詰められた、木目《もくめ》の美しい簀子《すのこ》。壁に掛けられた時計と温度計。部屋の端には熱せられた石が大量に詰まれており、その傍《そば》には水のたっぷりと入った桶《おけ》があった。

千刃学院の大浴場にあるサウナと比べても、ほとんど遜色《そんしょく》がない充実具合だ。

「うぅむ、ちと蒸し具合が足りんのぅ」

バッカスさんはそう言って、大量の水が入った桶をがっしりと摑《つか》み、それを熱々の石へ振りかけた。

ジュワーッという水の蒸発する音が響き、大量の水蒸気がサウナ室を満たしていく。

体感温度が一気に上がり、じんわりと汗が浮かび上がってきた。

（相変わらず、豪快な人だなぁ……）

俺が苦笑いを浮かべていると、セバスさんが満足気に何度も頷《うなず》く。

「これは驚きました。まさかこんなに立派なサウナ室だとは……。さすがは『桜の雫』、世界指折りの湯屋という評判は伊達《だて》じゃありませんね」

「ばららら、そうじゃろうそうじゃろう！　ここでたっぷりと汗を流した後に入る水風呂《みずぶろ》は、まさに天にも昇るほど気持ちがええぞ！」

「ふふっ、それは楽しみです」

セバスさんとバッカスさんは、楽しげに話し合っている。

どうやらこの二人は、割合に気が合うようだ。

それから俺たちはお互いにほどほどの間隔を空けつつ、適当な場所へ腰を下ろす。

「――さて、それじゃちょっとした『情報交換』といこうか」

セバスさんはそう言って、柔らかい笑みを浮かべた。

「情報交換？」

「例えばそうだな……。アレンが神聖ローネリア帝国で大暴れしたあの日、帝国上層部で決定された『責任の所在』についてとか、興味ないかい？」

「！　……ぜひ、聞かせてください」

あの事件以降、ずっと気になっていたことだ。

「結論から言うと、全ての罪をアレン一人が背負うことになったよ。シィ＝アークストリアとヌメロ＝ドーランの結婚式を潰したこと。護衛として付いていた、神託の十三騎士グレガ＝アッシュを斬り捨てたこと。逃走時、ザク＝ボンバールをはじめとした大多数の構成員を薙《な》ぎ払《はら》ったこと。帝国史上最悪の大事件、その首謀者はアレン＝ロードル。周囲にいた他の剣士は、ただのお付きに過ぎない。こういう風に、僕が直接陛下へ報告しておいたからね。これでよかっただろう？」

「はい、ありがとうございます」

あのとき、「どうしても会長を助けたい」と言って、クラウンさんの強い反対を押し切り、計画を実行に移したのは――俺だ。当然、その責任は全て俺が背負うべきものである。

（……よかった）

敵国のど真ん中まで一緒に付いて来てくれたリアやローズ、リリム先輩にティリス先輩――彼女たちに迷惑が掛からなくて本当によかった。

今はもう敵同士になってしまったけど、上手《うま》く誤魔化してくれたセバスさんには、感謝の言葉しかない。

「ふっ、君ならそう言うだろうと思ったよ」

彼はどこか呆《あき》れたように笑い、

「ばららら！　面白い、面白いぞ小僧！　今風の柔和な顔付きをしておるので、てっきり控え目な男かと思ったが……中々どうして、人は見掛けによらんのぅ！　まさかそこまで大胆なことをしでかしておったとはな！」

バッカスさんは大笑いしながら、バシンバシンと俺の背中を叩いた。

そうして政略結婚についての事後報告が一段落したところで、

「さて、ここで一つ『大事な話』があるんだけど……いいかな？」

セバスさんは神妙な面持ちで、ジッとこちらを見つめた。

「なんでしょうか？」

「皇帝陛下は、アレンの剣士としての腕前を高く評価していてね。君をぜひ黒の組織《う ち》へ──『神託の十三騎士』へ招き入れたいと言っているんだけど……どうかな？」

「皇帝バレル＝ローネリアが……俺を？」

「あぁ、そうだ。アレンの優れた剣術・十五歳という若さ・秘められた潜在能力、そして何より『幻霊以上』の強さを見せる圧倒的な霊核。皇帝陛下は、君のことをとても高く評価されている。実際に『今はまだまだ青いが、将来的には我が直属の四騎士となるにふさわしい器だろう』と仰《おっしゃ》っていたからね」

「随分と高く買われているんですね」

敵の親玉にそこまで褒められると、かえって気持ちが悪い。

「別におかしな話じゃないさ。何せ君は、フー＝ルドラス・レイン＝グラッド・グレガ＝アッシュ──三人もの十三騎士を単独で撃破した。そのうえ帝国のど真ん中に位置するベリオス城から、大勢の仲間を連れて逃げおおせたんだ。今や帝国において、アレン＝ロードルの名を知らない者はいないよ」

彼はさらに話を続ける。

「アレンにとって、神聖ローネリア帝国は悪い国じゃないぞ？　あの国では『力こそが正義』だからな。君ほどの剣士ならば、富も名声も権力もなんだって思うがままだ。――っとまぁこういうわけで、僕たちの仲間にならないかい？」

セバスさんはそう言って、こちらへ右手を伸ばす。

（俺が黒の組織に、か……）

笑えない冗談だ。

「すみません、お断りさせていただきます。俺が帝国サイドに付くことは、今後一生ありません」

神聖ローネリア帝国と黒の組織は、平和な世界に恐怖と混沌《こんとん》をもたらす『悪』だ。

そんな奴等《やつら》のために、俺がこの剣を振るうことは、天地がひっくり返ってもない。

そうして明確な拒絶を叩《たた》き付《つ》けると、

「うん、まぁそうだろうね。アレンには、そっちの方があっていると思うよ」

セバスさんはあっさりと手を引き、曇りのない笑みを浮かべた。

「……随分と潔《いさぎよ》く引くんですね」

最悪の場合、ここで剣を交えることも考えていたが……その心配はなさそうだ。

「あはは、そりゃそうさ。君が仲間になってくれるだなんて、これっぽっちも思っていなかったからね。ただまぁ、僕にも一応『立場』というものがある。陛下から命令が下れば、こうして遠路はるばる桜の国チェリンへ足を運ばないといけないんだよ」

セバスさんは肩を竦め、「やれやれ……」と呟いた。

彼は彼で、いろいろな気苦労があるようだ。

「さて、僕の話はこれで終わりだ。今度はアレンの番だよ」

「セバスさんは、いったい何を知りたいんですか？」

一億年ボタンのことか、時の仙人のことか、はたまた全く別の『ナニカ』か……。

俺が緊張に唾を呑《の》んだそのとき、

「ふっ、そんなことは決まっているだろう？」

セバスさんは不敵な笑みを浮かべ――口を開いた。

「さぁ、聞かせてもらおうか。僕がいなくなった後、会長がいったいどんな毎日を過ごしていたのかを……！」

「……あぁ、なるほど」

そう言えば、こういう人だったなぁ……。

俺はなんとも言えない脱力感を覚えつつ、大きなため息をこぼすのだった。

■

その後、俺は会長のプライバシーに配慮しながら、彼女の『ありふれた日常』を語っていく。

お昼休みの定例会議では、みんなでお弁当を持ち寄り、いろいろな話に花を咲かせているること。放課後は、リリム先輩やティリス先輩と楽しそうに過ごしていること。最近はたまに素振り部へ顔を出すこともあって、そのときは真剣に剣術へ打ち込んでいること。

「っとまぁこんな感じで、会長は毎日とても楽しそうですよ」

「……そうか、それは何よりだ……」

セバスさんはそう言って、満足気にコクリと頷く。

その顔は嬉《うれ》しそうでもあり、どこか悲しそうでもあった。

会長・リリム先輩・ティリス先輩――かつての友達がこれまで通り、元気にやっていることを知った喜び。自分がもうその温かい輪へ戻れないという寂しさ。

いろいろな気持ちの混ざりあった複雑な表情だ。

（セバスさんは、どうして黒の組織に入ったんだろう……）

そんなに会長のことを大切に思っているのなら、彼女のために彼女のすぐ傍で、剣を振るえばいいのに……。

（だけど、きっと止《や》むに止まれぬ事情があるんだろうな）

神託の十三騎士には、黒の組織に加入してでも叶《かな》えたい『願い』があるらしい。

フー＝ルドラスは、世界の果てを――『絶界の滝の先』を知るため。

レイン＝グラッドは、雨の呪いに侵された少女セレナを助けるため。

セバス＝チャンドラーは……果たしてなんだろうか？

俺がそんなことを考えていると、

「なぁアレン、他にはもうないのか？　どんなに些細《ささい》なことでもいい。本当になんでもいいんだ。会長が笑ったり、怒ったり、拗《す》ねていたり――とにかく『生きた』彼女の話が聞きたいんだ……っ」

セバスさんはそう言って、必死に頼み込んできた。

「うーん……。あっ、そう言えば……こんな話がありました」

あれは確かそう、卒業式を目前に控えた、とあるお昼休みのことだ。

いつものように定例会議こと『お昼ごはんの会』で集まっていると、突然生徒会室の扉が開け放たれ、一人の男子生徒が入ってきた。

彼は自分が三年生でもうすぐ卒業すること、会長を一目見たときから好きだったこと、結婚を前提にお付き合いしてほしいこと。この三つを大声で伝え、バッと頭を下げた。

早い話が会長に愛の告白をしたのだ。

その結果は――惨敗《ざんぱい》。「ごめんなさい。私、好きな人がいるんです」と強烈なカウンターを食らっていた。

「っとまぁ、こういうことがありましてね。誰かが告白する瞬間なんて、初めて見たので、ちょっとビックリしまし――」

「――おいちょっと待て、それはどこのゴミクズだ？」

セバスさんはその端正な顔を歪《ゆが》め、身の毛もよだつ殺気を放つ。

「……ッ」

憤怒《ふんぬ》と憎悪《ぞうお》に満ちた、尋常ならざる負の感情。

「ほう、こいつは中々のものじゃのぅ……」

その『圧』たるや、あのバッカスさんをして、身構えるほどのものだった。

（皇帝直属の四騎士は、また『格』が違うな……っ）

神託の十三騎士の殺気よりも、さらに数段重々しい。

だが、俺は昨日、これと『負の感情』を浴びせられたことがあった。

（とりあえず、『確認』しておくか……）

俺はゴホンと咳払《せきばら》いをして、恐る恐る声を掛けた。

「セバスさん、もしかしてなんですけど……。昨日、億年桜の裏手にある孤島で、俺に殺気を向けたりしませんでしたか？」

「……あぁ、あのときか。あれは確か、うっかり小石に蹴躓《けつまず》いた会長をアレンが抱き留めた瞬間だったな……」

彼はそう呟《つぶや》き、震える手でゆっくりと頭を抱えた。

「会長と直《じか》に触れ合う君が、妬ましくて、羨ましくて、許せなくて……！　尾行中にもかかわらず、うっかり殺気を漏らしてしまったんだ……っ」

セバスさんは激しく頭を掻《か》きむしり、悲鳴のような叫びをあげる。

「そ、そうだったんですね……」

やはりあのとき感じた尋常ならざる殺気は、彼のものだったようだ。

（でもまぁ、これでとりあえず一安心だな）

桜の国チェリンに潜んだ刺客、その正体はセバスさんだった。

そして彼の目的は、『黒の組織への勧誘』と『情報交換』。

つまり現状、差し迫った身の危険はない。

（もちろん、完全に気を抜くわけにはいかないけど……）

少しぐらいならば、警戒の糸を緩めても大丈夫そうだ。

その後、セバスさんが落ち着いたタイミングで、俺たちはサウナ室を出た。

洗い場のシャワーでサッと汗を流してから、キンキンに冷えた水風呂《みずぶろ》へつかる。

（あぁ……っ。これはたまらないな……ッ！）
キンッキンに冷えた水が火照《ほて》った体へ染《し》み渡《わた》っていく。
全身の毛穴がキュッと引き締まり、爽快感が全身を駆け巡る。
（サウナと水風呂……。初めてセットで経験したけど、癖になってしまいそうだな）
リーンガード皇国へ帰ったら、千刃学院の大浴場でも試してみよう。
そうして堪能《たんのう》した後は、いよいよメインの温泉だ。
大自然の風情溢《ふぜいあふ》れる岩組の露天風呂《ろてんぶろ》。
そこから湧き出るのは、透き通るような天然温泉だ。
俺は湯船に浮かんだ桜のはなびらを目で楽しみながら、ゆっくりと湯船に足を入れる。
「あぁー……」
肩までとっぷりつかったところで、間延びした声が漏れてしまった。
（いぃお湯だぁ……）
足先から太ももへ、太ももから胴体へ、胴体から体の端々へ。
柔らかく力強い温かさが伝播《でんぱ》し、体の芯までしっかりと温まっていく。
「なるほど、これはたまらないな……」
セバスさんがうっとりとした表情で呟き、

「ばららら ぁ……。やはりここの湯は最高じゃのぉ……」

バッカスさんは目をトロンとさせながら、その大きな体をグーッと伸ばす。

そうして気分をよくした俺たちは、身の上話のようなものを語り合った。

俺はゴザ村での苦しいけれど、充実した農民生活を。

セバスさんは神聖ローネリア帝国の文化と風習、さらには黒の組織の制度や神託の十三騎士と皇帝直属の四騎士に与えられた権限や気苦労を。

バッカスさんは武者修業の旅先で見つけた珍味や名酒、その他これまで目にした珍しい魂装使いの能力を。

それぞれ全く境遇が異なる俺たちの話は、大きな盛り上がりを見せたのだった。

温泉につかってから三十分ほどが経過し、手の皮もふやけてきた頃、

「――さて、僕はそろそろ上がらせてもらうよ」

セバスさんはそう言って、湯船に波を立てないようにゆっくりと立ち上がる。

「セバスさん……いろいろと教えていただき、ありがとうございました」

先ほどの語らいの中、彼は『世間話』と称して、様々な機密情報を教えてくれた。

皇帝直属の四騎士は、バレル＝ローネリアから与えられた任務――幻霊の捕獲に手一杯であり、しばらくの間は他へ手を回す余裕がないこと。

その反面に神託の十三騎士は手空きの者が多く、何やら怪しげな動きも見られるため、要注意すべきだということ。

俺のことを偏執的《へんしつてき》に狙うドドリエルは、現在『真装《しんそう》』の習得に励んでいることなどなど。

どれも有益な情報ばかりだった。

「気にしないでくれ。命懸けで会長を守ってくれたことに対する、ちょっとしたお礼だよ」

彼がそう言って優しく微笑《ほほえ》むと、

「セバスとやら、またいずれ楽しい剣戟《けんげき》をしようではないか！」

バッカスさんは湯船から右手を突き出し、ニィッと口角を吊《つ》り上げた。

「あはは、その機会がないよう願っていますよ」

セバスさんは苦笑いを浮かべながら手を振り――何故《なぜ》か脱衣所とは真逆の方へ足を向ける。

（……ん？）

その先にあるのは、背の高い木の塀《へい》。

男子風呂と女子風呂を分かつ、絶壁の壁だけだ。

（いや、まさかな……）

嫌な予感を覚えながらも、そのまま少し泳がせてみると、

「――よっと」

セバスさんは絶壁の壁に手を掛け、すいすいと登り始めた。

「ちょ、ちょっとセバスさん⁉ いったい何をするつもりですか⁉」

「何って……決まっているだろう？ 会長の美しい裸体をこっそりとのぞくのさ」

彼はとてもいい顔で、最低なことを口にした。

「の、のぞくって……っ。そんなことが会長に知れたら、嫌われるどころじゃすみませんよ⁉」

きっともう、二度と口を利《き》いてくれないだろう。

「その点については問題ないよ。僕は気配を断《た》つのが得意でね。絶対にバレたりなんかしない」

セバスさんが頓珍漢《とんちんかん》なことを言って、壁登りを再開させたそのとき、

「――待てぃッ！」

バッカスさんの低く重々しい声が響いた。

「その先には、儂《わし》の可愛《かわい》い孫娘がおるんじゃ。のぞきなんぞふざけた真似《まね》、見過ごすことはできんのう」

彼はゆっくりと立ち上がり、その大きな瞳を刃のように尖《とが》らせる。

「「……っ」」

尋常ならざる殺気と怒気が、空間を侵食していく中、俺とセバスさんは思わず息を呑《の》む。

すると次の瞬間、

「それに何より――あのべっぴんたちの裸体をのぞくのは、この儂じゃあ！」

バッカスさんは信じられない言葉を口にした。

「……いくら『不死身のバッカス』とはいえ、会長の裸を見せるわけにいきませんね」

「ほぉ……。儂に歯向かうというならば、痛い目を見るばかりでは済まんぞ？」

「残念ながら、僕にも『絶対に引けない一線』というものがあるんですよ」

二人は『どちらが女子風呂をのぞくか』という最低なことで、真剣勝負を始めようとしていた。

（本気の殺気……この人たち、本当に殺《や》り合う気だ……っ）

超格上の剣士たちによる殺し合い。

本来ならば、どこか安全な場所に避難して、やり過ごすべきなんだけれど……。

（今回は、俺も戦わなくちゃいけない……っ）

あの壁の先には会長やローズだけでなく、リアがいる。

（セバスさんが勝とうが、バッカスさんが勝とうが……結果は同じ。どちらか一方は、女子風呂をのぞくことになってしまう）

それを防ぐには、俺があの二人に打ち勝つしかない！

「――ちょっと待ってください！　あなたたちに、リアの裸を見せるわけにはいきません！」

背筋の凍る殺気が吹き荒れる中、俺は『第三勢力』として立ち上がった。

「へぇ、アレンがのぞきに加わるなんて、ちょっと意外だな……。狙いはやっぱりリア＝ヴェステリアかい？」

「ほぅ、小僧はあの金髪美女を好いておるのか。しかし、純粋無垢《むく》な顔をしておるが……小僧もやはり『男』よのぅ！」

二人の好奇の視線に対し、俺は首を横へ振る。

「勘違いしないでください。女子風呂をのぞく気なんか、これっぽっちもありません。俺はただ、リアの裸を他の男に見られたくないだけです」

「ふっ、なるほどそういうことか……。実に君らしい真っ直《ます》ぐな選択だ」

「ばららら！　随分と惚《ほ》れ込んでおるようじゃのぅ！」

俺とバッカスさんは湯船から上がり、セバスさんは木の塀から飛び降りる。

「僕たちが全力でやり合えば、この辺りは更地になってしまう。そうなるともはや『のぞく・のぞかない』の問題に収まらない。――だから、今日はこいつでやらないか？」

セバスさんは掃除用具箱から三本のモップを取り出し、それぞれ一本ずつこちらへ放り投げた。

「これは……」

「モップぅ……？」

「戦闘範囲は男子風呂のみ。魂装の使用は禁止。このモップが折れた時点で即敗北。ルールはこんなところでどうだろうか？」

「俺はそれで構いませんよ」

「儂も異存はない。剣だろうがモップだろうが木の枝だろうが、貴様等のような青二才には負けんからのぅ」

ルールが決まったところで、俺たちはそれぞれ構えを取った。

腰に白いタオルを巻いただけの男が三人、モップを片手に睨《にら》み合《あ》う。

（傍《はた》から見れば、少し異様な光景かもしれないが……）

これは紛れもなく真剣勝負であり、一瞬でも気を抜けば、即敗北に繋《つな》がってしまう。

「「「……」」」

緊迫した睨み合いが続く中、桜のはなびらが三人の中間地点に舞い落ちたその瞬間——一斉に動き出す。

「八の太刀——八咫烏《やたがらす》ッ！」

「桜華一刀流——夜桜《よざくら》ッ！」

「絶剣《ぜっけん》——紫突《しとつ》ッ！」

八連撃・袈裟《けさ》斬り・刺突、三つの斬撃が激しくぶつかり合った。

『カコォン』という間の抜けた衝突音が響き、途轍《とてつ》もない衝撃波が風呂《ふろ》場を駆け抜ける。

「くっ⁉」

モップから腕へ、腕から足へ、足から地面へ。

俺はその衝撃を下へ下へと逃し、なんとかモップが折れるのを防ぐ。

「さすがは『人外』に『不死身』……。魂装を抜きにした単純な腕力じゃ、少し分が悪そうだ」

セバスさんは苦々しい表情で、左手をプラプラと振る。

「ばららら！　今の一撃で叩《たた》き折るつもりじゃったが、中々どうしてやるではないか！」

バッカスさんは余裕綽々《よゆうしゃくしゃく》といった様子で、傷一つないモップを振ってみせた。

たのだ。


彼は八咫烏《やたがらす》と紫突《しとつ》を完璧に見切り、双方の力をいなすような角度で、夜桜《よざくら》を撃ち放っ
たのだ。

（やっぱり巧い……っ）

純粋な剣術の腕は、この中でもピカイチのようだ。

その後、俺たちの戦いは熾烈《しれつ》を極《きわ》めた。

腕力・技量共に秀《ひい》でるバッカスさんは、苛烈《かれつ》な斬撃を繰り出し続ける。

「そぉら、どうしたどうしたぁ！　桜華一刀流―連桜閃《れんおうせん》！」

技量に劣る俺と腕力に劣るセバスさんは、なんとかその猛攻をやり過ごしつつ、隙を見て反撃に打って出る。

「く……っ」

「七の太刀――瞬閃《しゅんせん》ッ！」

なんとかその猛攻をやり過ごしつつ、機を見て反撃に打って出る。

攻防激しく入り乱れながらも、これという『決定打』に欠ける展開が続いた。

（三人が三人とも勝負を決めきれない理由は、やっぱりこの得物《モップ》だ）

長年使い込まれているのか、はたまた水気《みずけ》を吸い過ぎているのか。

とにかく、ひどく脆《もろ》いモップだった。

ほんのわずかでも扱いを誤れば、たちまちのうちに折れてしまうだろう。

（そして何より、水に濡《ぬ》れたこの足場……っ）

ツルツルとよく滑るため、剣に体重を載せ切れない。

こんな状態では、どうしても決定打に欠けてしまう。

そうして一合《いちごう》二合《にごう》と剣を交えていくたび、バッカスさんとセバスさんの顔色はどんどん悪くなっていった。

（ぐぬぬ、このままではマズいのぅ……）

（くそ、早く仕掛けなければ……っ）

そんな中、

（よしよし、いい調子だぞ！）

俺は一歩また一歩と着実に勝利への道を進んでいた。

この戦いには『特殊勝利条件』が――『制限時間』が存在するのだ。

俺たちが『桜の雫』へ到着した際、バッカスさんはこう言った。

【今はちょうど十六時じゃから、そうだのぅ……。十七時半ごろ、店の前で合流としようか】

つまり桜の雫に滞在する時間は、どれだけ長くとも一時間半。

(俺たちはここまで体を洗い、サウナと水風呂に入り、温泉につかってまったりと身の上話に興じてきた……)

短めに見積もって、既に一時間は経過しているだろう。

着替えや髪を乾かす時間を考慮すれば、リアたちが温泉につかっているのは、残り十分か十五分ほど。

(その時間を潰し切れば、女子風呂には誰もいなくなる！)

セバスさんとバッカスさんの邪悪な企《たくら》みは、全て水の泡となるのだ。

(このままでいい。いや、このままがいい)

深く攻め込まず、守勢に回り過ぎず。

攻防のバランスが取れたこの戦況を維持すれば――俺の勝ちだ！

その後、無難な立ち回りを続け、さらに三分もの時を潰した頃、

「ぐぬぬ、桜華一刀流――夜桜《よざくら》ッ！」

「くそ、絶剣《ぜっけん》――赤光斬《しゃっこうざん》ッ！」

二人の瞳に焦《あせ》りの色が浮かび、斬撃に雑味が増してきた。

「――甘い！」

俺は迫りくる二つの袈裟斬りを切り返し、大きく後ろへ跳び下がる。

(……勝てる、このままいけば勝てるぞ……!)

勝利が目前に迫ったそのとき、

「……バッカスさん、僕と手を組みませんか?」

セバスさんが、とんでもない提案を口にした。

「なんじゃと……?」

共闘の話を受けたバッカスさんは、眉根をグッと吊《つ》り上げ、しかめ面《つら》を浮かべる。

誰の目にも明らかな強い拒絶反応だ。

「……冷静に考えてください。僕かあなたが勝てば、それぞれの悲願《ひがん》は成就《じょうじゅ》する。しかし、この『理性の化物』が――アレンが勝てば、誰も得をしない! 誰も女湯をのぞけない! 誰もいい思いをしない! この争いが不毛なものとなってしまうんです! それならばいっそのこと――二人で手を取り、彼を潰しませんか!?」

セバスさんは身振り手振りを交えて、熱くそう語った。

(こ、この人は……。いったいどれだけ会長の裸が見たいんだ……っ)

己が欲望を満たすため、剣士としての矜持《きょうじ》さえ捨て去る。

そのひたむきで真っ直ぐな下心には、もはや畏敬《いけい》の念すら覚えてしまう。

（だけど、それは無駄ですよ）

　剣士の勝負は真剣勝負、一対二などもってのほかだ。

　それは二百年以上もの長きにわたり、剣士として第一線を張り続けてきたバッカスさんが一番よく知るところだろう。

　たとえどれだけ説得されようが、彼の剣士としての誇りが、そんな卑怯《ひきょう》な手段を許すはずがない。

　俺がそんな風に高をくくっていると、

「ふむ、一理あるかもしれんのぅ……」

「ば、バッカスさん……!?」

　彼の誇りは思っていた以上にガバガバだった。

「セバスさん、バッカスさんも！　剣士の勝負は真剣勝負……当然、ご存じですよね!?」

　俺は二人の良心に、剣士としての心に訴えかける。

「あぁ、そんなことは知っているさ。しかし、考えても見てくれよ。僕たちが今握っているのは、柄《つか》も鍔《つば》も刀身もない、ただのモップだ。剣を持っていない以上、それは『剣士の勝負』として成立しない」

「うむ、いわばこれは『男の勝負』。そこに卑怯も糞《くそ》ったれもない。勝つか、負けるか。

ただそれだけじゃ！」

セバスさんとバッカスさんは良心の呵責《かしゃく》に苦しむどころか、むしろ開き直って見せた。

「そ、そんなの屁理屈《へりくつ》ですよ……！」

いくらなんでも、さすがに無茶苦茶だ。

「問答無用。行くぞ、アレン！」

「ばららら、一気に形勢逆転じゃのぅ！」

下卑《げび》た欲望に支配された二人は、ただ女湯をのぞきたいがために手を組み、

「はぁあああ！」

「ぬぉおおお！」

息を揃《そろ》えて苛烈な攻撃を繰り出した。

「ぐ……っ」

まるで嵐のような連撃をときに躱《かわ》し、ときにいなし、ときに防御し——なんとか耐え凌《しの》ぐ。

「さすがは人外、とんでもない粘りだな……。しかし、これならばどうだ？　絶剣《ぜっけん》——七《しち》虹連斬《こうれんざん》ッ！」

セバスさんがモップを勢いよく振るうと、七つの斬撃が空を駆けた。

「くっ、一の太刀――飛影《ひえい》・七連！」

俺は咄嗟《とっさ》の判断で、七連続の飛ぶ斬撃を放つ。

飛影・七連と七虹連斬は激しくぶつかり合い、凄《すさ》まじい衝撃波が吹き荒れた。

（ふう、なんとか無事に相殺《そうさい》できたようだな）

ホッと胸を撫《な》で下《お》ろすのも束《つか》の間《ま》、

「絶剣――紫突《しとつ》！」

「桜華一刀流――桜閃《おうせん》！」

セバスさんとバッカスさんは間髪を容《い》れず、まさに『神速』とも呼べる突きを繰り出した。

（は、速っ⁉　防御、モップが折れ……回避、無理だ……っ）

防御不能・回避不可、絶体絶命の危機的状況だ。

「獲《と》った！　僕らの勝ちだ！」

「儂《わし》らを同時に相手取り、よくぞここまで粘ったのぅ！」

勝利を確信した二人は、口々に称賛の言葉を述べた。

（……本当はもう少し『仕込み』たかったけど、この状況じゃ仕方ないか）

俺は心の中でため息をつき、『奥の手』を切る。

「二の太刀――朧月《おぼろづき》」
モップを横へサッと薙《な》げば、予《あらかじ》め空間に仕込んでおいた斬撃が解放される。
その斬撃はまた別の斬撃のトリガーとなり、それはどんどん連鎖していき、
「なん、だと……!?」
「こ、小僧……っ」
張り巡らされた『斬撃の結界』が、セバスさんとバッカスさんを呑《の》み込んだ。
(よし、うまくいったぞ……!)
朧月《おぼろづき》を仕込んだ空間には、わずかなズレ――『空気の断層』が生まれてしまう。
通常ならば、超一流の剣士である二人がこれを見逃すことはない。
(だけど、今はかなり特殊な環境での戦闘だ)
摩擦の少ない、水に濡れた床。
鉄製の剣とは異なり、軽くて長い木製の得物《モップ》。
サウナと水風呂、長湯によってふやけた体。
こんな環境じゃ、普段通りの鋭敏な感覚を完全に発揮することは難しい。
(そして極め付きは、温泉から絶えず立ち昇るこの水蒸気)
これが空気の断層を覆い隠し、そのおかげでかなりの数の斬撃を仕込むことができた。

目の前で吹き荒れる斬撃の嵐は――突如内側から放たれた極大の斬撃により、斬り裂かれてしまった。

（……やったか？）

「なっ⁉」

「ふぅ、さすがに肝を冷やしたよ。時間稼ぎに徹すると見せかけて、まさかこんな手を仕込んでいたとはね……。アレン、君は本当に油断ならない男だ。実は案外、性格が悪いんじゃないか？」

「空間に斬撃を仕込む、か……。湯屋という特殊な環境を活《い》かした、見事な攻撃じゃったな。後『三十』ほど斬撃が多ければ、やられておったかもしれんのぅ。若いのに、老獪《ろうかい》な戦いをしよるものじゃわい」

セバスさんとバッカスさんの体には、いくつもの浅い太刀傷が刻まれている。

しかし、その手に握られた二振りのモップは未《いま》だに健在だ。

（くそ、仕留め損ねた……っ）

残念ながら、朧月は後一歩というところで破られてしまった。

（……もう手札はない）

後はセバスさんとバッカスさんの猛攻を耐え凌ぎ、時間切れを狙うしかない。

（あー……。どうしてこんなことになったんだろうな……）

ふと冷静になった俺は右方向に、男湯と女湯を分ける絶壁の木塀に視線を向ける。

きっとこの先ではリア・ローズ・会長・リリム先輩・ティリス先輩が、みんなで温泉を満喫していることだろう。

（……リア、君は楽しんでいるか？）

こっちは――男湯は地獄《いや》だよ。

修業の疲れを癒すためにここへ来たはずが、何故《なぜ》か皇帝直属の四騎士と元世界最強の剣士と死闘を演じるハメになってしまった。

正直、修業よりもずっとキツイ。

（だけど、泣き言は言っていられない）

残された時間は、後ほんのわずかだ。

後もう少しだけ踏ん張れば、リアたちは温泉から上がる。

そうなれば、セバスさんとバッカスさんの邪《よこしま》な企《たくら》みは全て水の泡だ。

俺は大きく息を吐き出し、正眼《しょうげん》の構えを取る。

「さて、残された時間は後五分と言ったところか……まさに最終局面だね」

「小僧、ここいらで決着と行こうではないか！」

二人はこれまで見せたことのないほど真剣な表情で、モップを中段に構えた。

「あぁ、来い……！」

リアたちが温泉から上がるまで――後五分。

十数億年、ただひたすらに剣を振ってきた俺からすれば、それはまばたきをしている間に過ぎ去るような短い時間だ。

しかし、

「うぉおおおおおおお！」

「はぁあああああああ！」

「ぬぉおおおおおおお！」

世界屈指の剣豪から挟撃を受けている今、たったの五分が永久《とわ》に感じられるほど長かった。

（くっ……っ）

一合二合と剣を重ねるたび、俺の体には太刀傷と赤黒い痣《あざ》が刻まれていく。

（我慢、我慢だ……っ）

こんな傷は、所詮ほんの一時的なもの。

この戦いが終われば、すぐに闇で治療すればいい。

（俺が今すべきことは一つ。のぞきという最低最悪の行為からリアを守るため、このモップを守り切ることだ！）

そのためには、勇気を持って攻める！

「まだま、だぁあああ！　六の太刀──冥轟《めいごう》ッ！」

渾身《こんしん》の力で放った冥轟が牙を剝《む》く。

「くっ、まだこんな余力を……っ」

「中々どうして、落とし切れんのぅ……っ」

セバスさんとバッカスさんは一時攻撃を中断して、冥轟を斬り払った。

二人の攻撃が止《や》んだ刹那《せつな》の空白、俺はそこへ大きく踏み込む。

「八の太刀──八咫烏《やたがらす》ッ！」

「くっ⁉」

「ぬぅ……っ」

セバスさんとバッカスさんは八つの斬撃を受け止め、半歩後ろへ下がった。

（よし、狙い通りだ……！）

二人は今、躊躇《ためら》った。

八咫烏《やたがらす》を受けた直後、即反撃に転じるのではなく、半歩退《しりぞ》いた。

これは間違いなく、朧月という『凶悪なカウンター』を目にしたからだ。

（セバスさんとバッカスさんは、こちらの手の内を全て知っているわけじゃない）

実際のところ、手札はもう一枚も残されていないが……。

それを知っているのは、他ならぬ俺だけだ。

二人の視点に立てば、「まだ何か奥の手を隠しているのかもしれない」という風に見えているだろう。

（トランプの基本にして、最強の戦術——それは『ブラフ』！）

『手札切れ』を悟らせず、『存在しない奥の手』をチラつかせるため、俺はこの最終局面に来て攻勢へ回った。

（カウンターの脅威があるからこそ、セバスさんとバッカスさんは思い切った攻撃へ移れない！）

だから、決して守勢に回ってはいけない。

時間を稼ぎたいのならば、不敵な笑みを浮かべたまま、攻めるべきだ！

（それに、少しずつだけど慣れてきたぞ）

セバスさんの絶剣とバッカスさんの桜華一刀流。

その技と動きを何度も見ているうち、徐々に対応できるようになってきた。

（……わかる、わかるぞ。二人の呼吸が、筋肉の動きが……！）

お互いに素《す》っ裸《ぱだか》で斬り合っているため、セバスさんとバッカスさんの『筋肉の動き』をはっきりと観察することができた。

目は口よりも物を言う。

それと同じように、体は剣よりも物を言う。

二人の筋肉の動きを見れば、コンマ数秒先にある剣の動きが先読みできるのだ。

よくよく考えてみれば、これは学びの多い『模擬戦』かもしれない。

（とにかく、この調子だ！　この調子で行けば、時間を潰し切れるぞ！）

そうして残り時間が三分を切った頃、セバスさんは大きくため息をついた。

「まさかこの短い時間で、僕らの剣術に対応してみせるとは……。全く、呆《あき》れた『適応能力』をしているね……アレン」

彼は絶剣の構えを解き、困り顔で肩を竦《すく》めた。

「女湯をのぞくこと、諦めてもらえたんでしょうか？」

「まさか！　僕が会長を『諦める』なんてことは、天地がひっくり返ってもあり得ないよ。この命尽き果てるまで、いつまでもどこまでも彼女に付《つ》き纏《まと》うつもりだ！」

「そう、ですか……」

凄い覚悟だけれど、会長からすれば迷惑極まりない話だ。

「まぁでも、このまま正攻法で攻め続けたとして、こんな短時間では君を仕留められそうにない。そろそろ僕も、『奥の手』を使わせてもらうおうか」

セバスさんはコキコキと首を鳴らし、鋭い眼光を放つ。

（奥の手ということは、『絶剣の奥義《おうぎ》』か……）

俺は唾を呑み、最大級の警戒を払ったそのとき、

「秘技――大車輪ッ！」

彼は洗い場に置かれた大量の木桶《きおけ》を掴み、それらを高速で投げ付けてきた。

どこからどう見ても、今この場で思い付いた技だ。

「即興で秘技を作らないでください！」

迫りくる木桶を素早く斬り捨てていくと、

「こ、これは……!?」

十ある木桶の一つ、その中に泡立った水が入れられていた。

（あの一瞬で石鹸《せっけん》水を作るなんて、信じられない早業だ……っ）

ぬめり気のある水は飛散し、俺の顔にパシャリとかかる。

「くそ、目が……っ」

霞《かす》む視界の中、

「よくやったぞ、セバス！　桜華一刀流——桜閃《おうせん》！」

この好機を逃すまいとして、バッカスさんがとどめの一撃を放つ。

「なん、の……！」

俺はモップが空を斬る音を頼りにして、突きの正確な位置を割り出し、大きくバックステップを踏んで回避した。

「こやつ、野性の獣か⁉」

「しかし、体勢は乱れた！　そこだ！」

なんとか桜閃を回避した俺が、空中に浮かび上がっている間——セバスさんは二個の石鹸を素早く投げ付けた。それらは濡《ぬ》れた床を高速で進み、正確にこちらの着地点へ滑り込む。

「えっ、う、わわわ……⁉」

泡立ちのいい石鹸を踏みつけた俺は、バックステップの勢いを殺し切れず、

「——あがっ⁉」

背後にあった壁と激しくぶつかってしまった。

「痛《い》っつつつ……」

背中に降り落ちた木片を払いつつ、ゆっくり顔を上げるとそこには、

「あ、アレ、ン……？」

「な、な、な……っ⁉」

「～～っ⁉」

一糸まとわぬリア・ローズ・会長の姿があった。

リアは手元にあったタオルで胸元を隠し、何も持っていないローズは両手で体を抱きながらしゃがみ込み、足湯をしていた会長はすぐに湯船へつかる。

（な、なんてことだ……っ）

石鹸に足を取られた俺は、勢いよく木塀《もくべい》に激突し、これ以上ないほど豪快に女湯へ飛び込んでしまったらしい。

「「「……っ」」」

三人は羞恥《しゅうち》のあまり頬を真っ赤に染め、ジト目でこちらを見つめている。

（ま、マズい……）

全身から血の気が引いていく、まるでこの体が自分のものじゃないみたいだ。

（……どう、する……？　どうするどうするどうするどうするどうする⁉）

限界ギリギリまで追い詰められた脳裏に、走馬燈《そうまとう》のようなものが流れ始めた。

（……嗚呼《ああ》、これまで決して楽な人生じゃなかったよな……）

剣術の才能に恵まれず、努力しても報われず、グラン剣術学院では地獄のような三年間を耐え抜いた。人並み以上に挫折や苦労を経験し、殺され掛けたことだって、一度や二度じゃ済まない。

（……断言できる）

十数億と十五年生きてきた中で、間違いなく今が最大の危機だ。

（もしもこのまま、リアたちの説得に失敗した場合……）

俺は『のぞき魔』のレッテルを貼られ、社会的に抹殺《まっさつ》されるだろう。

（それと同時に、暗く冷たい檻《おり》の中での生活が始まるんだ）

数年が経《た》ち、無事に刑期を満了した俺には、『前科付きの無職』という厳しい現実が待ち構えている。

当然ながら、犯罪者は聖騎士になれない。

これじゃ母さんを楽にさせてあげるどころか、ただただ悲しませるだけだ。

（落ち着け、冷静に考えろ……っ）

かつてないほど頭を回転させ、すぐさま弁明の言葉を口にする。

「ち、違う……誤解だ、これは誤解なんだよ！　俺は決して、のぞき魔なんかじゃない！

信じてくれ！」

　この場でまず一番にすべきこと、それは否定だ。

　リアたちの裸を見るため、こんな蛮行に及んだのではない。そのことをはっきり宣言する必要がある。

「これは『不慮《ふりょ》の事故』なんだ！　セバスさんとバッカスさんが女湯をのぞこうとしたから、俺はそれを止めるために戦っていたんだよ！　その証拠にほら、ここにモップを持って血を流した二人が……！」

　勢いよく振り返るとそこには――誰もいなかった。

「あ、れ……？」

　モップもなければ、血痕《けっこん》もなければ、割れた木桶《きおけ》もない。

　とても清潔で静かな男湯が、どこまでも広がっていた。

（あ、あいつら……っ）

　セバスさんとバッカスさんは、俺に全ての罪をなすり付けて逃亡したのだ。

　しかも、現場には一切の証拠を残さない。

　とんでもない危機察知能力と逃げ足の速さ……はらわたが煮えくり返るとは、こういう気持ちなんだろう。

（最低だ。こんなのは、到底許される行為じゃない）

女湯に取り残された俺が、あまりの怒りに打ち震えていると、

「ねぇアレン……あなた、これで『二度目』よ？」

リアは入学式の日に起きた『一度目』の事件――俺が偶然彼女の裸を見てしまったことを引き合いに出しつつ、ジト目でこちらを見つめ、

「確かに私は、お前に好意を抱いている。バレンタインの日にそう伝えはしたが……。さすがにこれはちょっと恥ずかしいというか、まだ心の準備ができてないというか……っ」

軽いパニックを起こしたローズは、しゃがみ込んだままボソボソと何事かを呟《つぶや》き、

「お、男の子が、女の子の体に興味があることは理解しているわ。でも、のぞきは駄目よ？　ちゃんと言ってくれれば、お姉さんだってその……ね……？」

湯船につかった会長は、耳まで真っ赤にしながら、チラチラとこちらへ目を向ける。

「う……っ」

どうやら先ほど俺が口にした弁明は、まともに取り合ってもらえなかったらしい。

（いや、それも当然の話か……）

なぜならここには、たったの一つとして証拠がないのだ。

モップ・血痕・斬られた木桶《きおけ》といった物的証拠はおろか、セバスさんやバッカスさんと

いう人的証拠すらない。

残されたのは、ただ一つ――突如豪快に女湯へ飛び込んだアレン＝ロードル、という『ひどく歪《ゆが》んだ現実』のみ。

（……あれ？　これってもしかして、詰んでないか……？）

現行犯は一人、アレン＝ロードル。

被害者は三人、リア・ローズ・会長。

証拠が何もない以上、話はこれで終わりだ。

後は俺が大人しくお縄につけば、全て丸く収まってしまう。

（だけど、それでも俺はやっていない……本当にやってないんだ……っ）

俺は戦った。

皇帝直属の四騎士と元世界最強の剣士を同時に相手取り、必死になって戦った。

それも全ては、あの不届き者たちからみんなを守るためだ。

（その結果が『のぞき魔』の烙印《らくいん》だなんて、いくらなんでもあんまりだ……っ）

とにかく……一度腰を据えて、ちゃんと話し合おう。

リア・ローズ・会長、三人とはこれまで幾度となく剣を交えてきた。

（彼女たちならば、この嘘《うそ》偽りのない『真実の心』が通じるかもしれない、わかってくれ

るかもしれない……っ)

俺はわずかな可能性に賭け、再度説得を試みることにしたのだった。

■

その後、俺たちは一旦脱衣所へ戻り、ちゃんと服を着てから話し合うことになった。

(さすがにあんな状態じゃ、まともに話をできないからな……)

俺だって、一応男だ。

リア・ローズ・会長という絶世の美少女三人が、一糸纏わぬ姿で目の前にいたら……とてもじゃないけど、平静を保っていられない。彼女たちだって、異性と裸で向き合うのには強い抵抗があるだろう。

そういうわけで、俺たちは一度解散し――十七時三十分現在、桜の雫《しずく》の正面に集合していた。

ゆったりとした浴衣《ゆかた》を着たリアたちは、怒っているような・恥ずかしがっているような・困っているような――なんとも言えない複雑な表情を浮かべている。その頰がわずかに赤く染まっているのは、きっと湯上がりだからというだけじゃないだろう。

(さて、どうやって話を切り出そうかな……)

俺がそんなことを考えていると、

「まさか、私たちがサウナに入っている間、そんな面白いことがあったとは……。春合宿一番のハプニングを逃すなんて、リリム＝ツオリーネ一生の不覚……っ」

「赤面《せきめん》するシィの顔、めちゃくちゃ見たかったんですけど……」

リリム先輩とティリス先輩は、がっくりと肩を落とした。

あのとき二人の姿が見えなかったのは、サウナ室に入っていたからのようだ。

（これは『不幸中の幸い』というやつだな……）

もしもこの意地悪な先輩たちが、あそこに居合わせていたら……。

おそらく事態はもっと複雑で、収拾のつかないものになっていただろう。

（とにかく、ここからが正念場だ）

大きく息を吐き出し、気合いを入れ直したそのとき、

「ぷはぁ……っ。湯上がりの一杯は、やはり格別だのぅ！」

主犯格のバッカスさんが、上機嫌に酒瓶をあおった。

彼は桜の木に体を預けながら、ほろ酔い状態を楽しんでいる。

（全く、この人は……っ）

我関せずと言わんばかりのその態度には、さすがにちょっとむかっ腹が立った。

（……いや、落ち着け落ち着け。今はそれよりも、ちゃんと話をするべきだ）

俺は覚悟を決め、真《ま》っ直《す》ぐリアたちの目を見つめる。

「リア・ローズ・会長、みんなの裸を見てしまったことは……ごめん。謝ってどうなることでもないけど、本当に悪いと思っている。だけど、信じてほしい。あれは本当に不慮の事故なんだ。決して邪《よこしま》な気持ちで、女湯をのぞこうとしたわけじゃないんだよ……っ」

それから俺は、あの事件の全貌《ぜんぼう》を包み隠さずに全て話す。

突如男湯に現れたセバスさんは、会長の裸を見るために塀を登り始めた。バッカスさんはそれに待ったを掛け、ローズの裸は見せないし、女湯をのぞくのは自分であると主張。セバスさんとバッカスさんは『どちらが女湯をのぞくか』を巡り、一触即発《いっしょくそくはつ》の状態になった。

当然、のぞきという最低な行為を見過ごせるはずもなく、俺はすぐに第三勢力として立ち上がり、魂装の使用禁止・得物であるモップが折れたら負けという特別ルールで戦闘開始。

途中までは優勢だったのだが、セバスさんとバッカスさんが手を組んでからは、一気に窮地へ追いやられてしまい……。二人の苛烈《かれつ》な攻撃を受けた俺は、大きく後ろへ吹き飛ばされて塀に激突、意図せずして女湯へ突っ込んでしまった。

「――こういうわけで、決して下心や邪《よこしま》な考えがあったわけじゃない。どうか信じてほしい、あれは本当に不慮の事故だったんだ！」

俺が嘘偽りのない真実を口にすると、

「……お爺《じい》さま。その年になって、まだのぞきを続けているのですか？」

ローズはそう言って、バッカスさんをジロリと睨《にら》み付《つ》けた。

「はて、どうじゃったかのぅ……。最近は年のせいか、物忘れが激しくてなぁ。あまりよく覚えとらんわぃ」

大事な孫娘には、嘘をつきたくなかったのだろう。

彼は年齢を言い訳にし、ポリポリと頭を掻《か》いてとぼけた。

「はぁ……状況は理解した。アレン、お前の言い分を全面的に信じよう。それから……本当にすまない。どうやらうちのお爺さまが、また迷惑を掛けてしまったようだ」

「ろ、ローズ……！」

俺は感激のあまり、彼女の両手をギュッと握る。

「ありがとう！　信じてくれて、本当にありがとう！」

「わ、わかったから……その、ちょっと近いぞ……っ」

真っ直ぐに感謝の言葉を伝えられたからか、ローズの顔はみるみる赤くなっていった。

とにもかくにも、これで残すは後二人。リアと会長にさえ信じてもらえれば、俺の容疑《ようぎ》は完全に晴れるのだ。

なんとかローズの説得に成功した直後、

「――アレン、ちょっといいかしら？」

リアは一言そう断りを入れてから、ジッとこちらの目を見つめてきた。

彼女の紺碧《こんぺき》の瞳はあまりにも美しく、思わず息を呑《の》んでしまう。

「あ、あぁ、どうしたんだ」

「最後にもう一度だけ確認したいんだけど……。さっきの話は全てほんとのことなのね？」

「もちろんだ。俺は剣士として――いや、一人の男としてのぞきなんて絶対にしない」

はっきりとそう宣言し、リアの瞳を真っ直ぐに見つめる。

「……そっか、わかった。私もアレンの言うことを信じるわ」

「ほ、本当か⁉」

「ええ。……実はこれはここだけの話なんだけど、私には――ヴェステリア王家の女系《じょけい》には、『特別な力』があるの」

リアは俺にだけ聞こえるよう、とても小さな声で耳打ちをしてきた。

「特別な力……？」

「うん、私のは『嘘を見抜く力』。意識を集中して相手の目をジッと見つめると、その人が嘘をついているかどうかがわかるの。このことは、誰にも言っちゃ駄目だからね？」

彼女は可愛《かわい》らしく微笑《ほほえ》みながら、とんでもない秘密を打ち明けた。

（嘘を見抜く力……もしも本当にそんな力があるのなら、これはちょっと考える必要があるぞ）

差し迫った危機としては四月一日、約一か月後に控えたリアの誕生日。

あの手この手を駆使して、なんとか自然な会話の中で聞き出したこの日――俺はサプライズとして、誕生日プレゼントを贈るつもりだ。

（リアが本当に嘘を見抜けるのなら、細心の注意を払う必要があるな……）

彼女に「何か隠しごとでもあるの？」と聞かれたら、その時点でアウトだ。

俺が何かを企《たくら》んでいることがバレ、それから芋づる式にどんどん計画が明るみになっていき、いずれは誕生日のサプライズプレゼントにたどり着いてしまうだろう。

（当日は不審な態度を取らないよう、細心の注意を払わないとな……）

俺がそんなことを考えていると――リアはその力について、さらに一歩踏み込んだ話を教えてくれた。

「ちなみに……お父さんの話によると、この力は原初の龍王《ファフニール》を封印した女性。つまりは私の遠い御先祖様が持っていた『特別な力』の一つで、ヴェステリア一族の女系《じょけい》は、みんな不思議な力を持って生まれるんだって」

「へぇ、そうなのか」

そう言えば……ヴェステリア王国と原初の龍王《ファフニール》の関係について、詳しい話を聞いたことがあった。

あれは確か一月の初旬、神聖ローネリア帝国のベリオス城に侵入し、神託の十三騎士フー＝ルドラスと遭遇したときのことだ。

互いの思惑《おもわく》が一致した俺とフーは、同じ机を囲んで一緒に紅茶を飲み、その際に奴《やつ》はヴェステリア王国の歴史を語った。

今から七百年前、突如出現した原初の龍王《ファフニール》は、圧倒的な力でヴェステリア全土を焼き払った。そのとき立ち上がったのが、遠い異国で生まれ育ったリアのご先祖様。彼女はその血に宿る特殊な力を用いて、原初の龍王《ファフニール》を自らの胎内《たいない》へ封印。それは今日に至るまでヴェステリア王家に脈々と引き継がれ、現在はリア＝ヴェステリアの霊核となっている――という話だ。

リアとフーの話を照らし合わせれば、ヴェステリア王家の女系が不思議な力を持つというのは、間違いなさそうだ。

つまり、彼女が『嘘を見抜ける』というのも、きっと本当のことなのだろう。

（リアの嘘を見抜く力には、ちょっと驚かされたけど、今回はそれに助けられたな……）

こうしてローズとリアの説得に成功した俺は、『最終関門』シィ＝アークストリアへ目を向ける。

（……会長は強敵だ）

ローズはバッカスさんが極度の女好きで、のぞきの前科があることを知っていた。

リアは嘘を見抜く力があったので、話の真贋《しんがん》を判別することができた。

二人には、『俺を信じられる根拠』があるのだ。

（でも、会長にはそれがない）

いったいどうやって、この難攻不落のお姉さんを攻略すればいいんだろうか。

（とにかくまずは、会話の糸口を摑《つか》まなくちゃな）

お互いに黙ったままじゃ、事態は一向に進展しない。

「あ、あの……会長？」

勇気を振り絞ってそう声を掛けると、

「はい。なんでしょうか、アレンさん？」

彼女は柔和な笑みを浮かべたまま、可愛らしく小首を傾げた。

(あ、アレンさん……っ)

これまでずっとアレンくんと呼んでくれていたのに……。

どうやらこの一件で、好感度は地の底にまで落ちてしまったらしい。

「えっとその……さっき話した通り、俺は決してのぞきを働いたわけでは――」

「――でも、私の裸は見たんですよね？」

会長は柔らかく微笑みながら、鋭い指摘を飛ばしてくる。

「そ、それは……っ」

確かに、これ以上ないほどはっきりと見てしまった。

(あれから何度も頭を振って、必死に忘れようとしたけれど……)

あんな強烈な記憶、忘れろという方が無理だ。

「お姉さん、えっちなことはいけないと思います。三人の女の子を辱《はずかし》めたアレンさんは、聖騎士協会の地下牢《ろう》で罪を償《つぐな》うべきです」

彼女はそう言って、プイと明後日《あさって》の方向を向いてしまった。

(くっ、マズいぞ……ッ)

会長は政府の重鎮、アークストリア家のご令嬢だ。

その顔はとんでもなく広く、聖騎士協会とも深い繋《つな》がりがある。

彼女がこの一件を協会に報告すれば……俺はすぐさま逮捕・拘束されてしまうだろう。

「会長、あなたのその……胸とかいろいろと見てしまったことについては、とても悪いと思っています。だけど、本当にわざとじゃないんです。だから、今回だけは許してもらえないでしょうか。俺にできることなら、なんでもしますから……っ」

両手を顔の前で合わせて、必死に頼み込むと、

「……なんでも？　今、なんでもって言ったわよね？」

彼女は待っていましたとばかりに、口角を釣り上げた。

「さ、先に言っておきますけど、お金はありませんよ」

確かに「なんでもする」とは言ったが、現実的に不可能なこともある。

（自分で言うのもあれだが、俺はとてつもなく貧乏だ……）

宝石やブランドの服や鞄《かばん》が欲しいと言われても、さすがにそれは難しい。

「ふふっ、大丈夫よ。私がお願いしたいのは、そういうことじゃないから」

いつもの喋《しゃべ》り方に戻った会長は、かなり上機嫌な様子で人差し指を立てる。

「では、いったい何をすればいいんでしょうか？」

「それなんだけど……まず、指切りをしてもらえるかしら？」

彼女は頬を赤く染めながら、右手の小指をツッと突き出す。

「指切り、ですか……？」

「そ、そうよ。そこでしっかりと約束してほしいの。私には『今後一生、嘘《うそ》をつかない』って。そうしたら、アレンくんの言うこと全部信じてあげるわ」

「本当ですか⁉」

そもそもの話、リア・ローズ・会長といった大事な人に嘘はつかない。

（つまりこれは、実質ノーリスクで信用してもらえるということだ！）

俺はすぐさま、彼女の細くて柔らかい小指に自分の小指を絡《から》めた。

「――約束します。俺は今後一生、あなたに嘘をつきません」

会長の目を真《ま》っ直《す》ぐ見つめて、はっきりとそう宣言する。

「い、一生よ？　一生、私に嘘をついちゃ駄目なんだからね？」

彼女は顔を真っ赤にしながら、何故《なぜ》か『一生』という言葉を強く強調した。

「もちろんです」

「お姉さんはたまに嘘をついちゃうかもしれないけど……それでもいい？」

「ええ、問題ありません」

会長はとても優しい人だ。

たまに小さな嘘はつくけれど、人を傷つけるような嘘は決してつかない。

「もしあなたが嘘をついたら……そのときは針千本飲んでもらうからね？」

「はい、任せてください」

もしもそんな事態になれば、千本でも二千本でも飲む所存だ。

「……わかった。それじゃさっきアレンくんが話したのは、全て本当のことだって信じるわ。それと私の……は、裸を見たことも、今回だけは特別に許してあげる」

「ありがとうございます！」

こうしてリア・ローズ・会長――三人の信頼を勝ち得た俺は、ホッと胸を撫《な》で下《お》ろすのだった。

■

のぞきの冤罪《えんざい》を晴らした後、時間も時間だったので、俺たちは一度解散することになった。

アークストリアの別荘へ向かう道中、

「それにしても、本当にいいお湯だったわねぇ……。肩の凝《こ》りがすっかり取れちゃったわ」

会長はしみじみと呟《つぶや》き、肩をグルグル回すと、

「あぁ、本当に気持ちよかったな！」

「五臓六腑《ごぞうろっぷ》に染《し》み渡《わた》ったんですけど」

リリム先輩とティリス先輩はすぐさま賛同し、

「ヴェステリアにも温泉はたくさんあるけど、こんなに体の芯《しん》から温まるものはそうないわね……。うん、なんだかお肌もスベスベになった気がするわ」

「ふっ、そう言ってもらえると嬉《うれ》しいぞ」

リアとローズもかなり上機嫌な様子だ。

「――ねぇ、アレンくんはどう？　気持ちよかった？」

会長はこちらを覗《のぞ》き込むようにして、そんな問いを投げ掛けた。

「そう、ですね……」

温泉自体は間違いなく、これまでで一番よかったんだけど……。

（何分、その間のイベントが強烈過ぎたんだよなぁ……）

セバスさんとバッカスさん――超一流の剣士と剣を交えたことによる、肉体的疲労。

『のぞき魔』として前科者になるかどうかの危険な綱渡りをしたことによる、精神的疲労。

（プラスマイナスで言えば、正直圧倒的なマイナスだけど……）

楽しく温泉の感想を語り合っている中、一人だけ愚痴をこぼすのはあまりよくない。

「風情《ふぜい》のある岩組の露天風呂で、とても気持ちよかったですよ。特にサウナと水風呂は最高でした」

俺はいい空気をぶち壊しにしないよう、そんな風に話を合わせたのだった。

（ただ、依然としてわからないな……）

さっきお風呂場で負った傷、俺はそれをゼオンの闇で完治させた。

（だけど、バッカスさんはどうやって治したんだろう？）

彼は二の太刀朧月《おぼろづき》を食らい、体の各所に太刀傷を負った。

それなのに、脱衣所で顔を合わせたときには、全ての傷が塞がっていたのだ。

（やはり、バッカスさんの魂装は回復系統と見て間違いなさそうだな……）

不治の病に侵され、二百年以上の年を重ねた体。それなのに外見年齢は五十代半ばほどであり、純粋な身体能力では皇帝直属の四騎士を上回る。

つい先ほど負った傷を瞬時に治す治癒力、さらには『不死身のバッカス』という二つ名。

以上のことから考えれば、彼の能力は回復系統の力と見て間違いない。

（そうなるとわからないのが、あの木を生み出した能力なんだよな……）

彼は億年桜の裏手にある孤島へ行き来するため、大きな木製の橋を架けていた。

（多分、ただの回復系統じゃない。特別な『ナニカ』があるはずだ……）

あのローズが『無敵の魂装』とまで言うほどの力、きっと並一通りのものじゃないだろう。

バッカスさんの能力を推理しながら、しばらく歩き続けていると――いつの間にか、アークストリア家の別荘に到着していた。


別荘に着いてからは、みんなで一緒においしい晩ごはんを食べたり、会長の部屋に集まってトランプやボードゲームで遊んだり、二階のテラスで涼みながらお喋りをしたり、とても穏やかで楽しい時間を過ごした。

ふと時計を見れば、時刻は既に夜の十一時三十分。

明日もバッカスさんから桜華一刀流を習うことを考えれば、そろそろ体を休めておかなければならない。

「あら、もうこんな時間？　そろそろお開きにしないといけないわね」

俺と同じタイミングで時計を見た会長が、残念そうにため息をつくと、

「なっ⁉　もう十一時を回っている、だと……⁉」

「まだまだ全然話し足りないんですけど」

リリム先輩とティリス先輩は、驚愕《きょうがく》に目を見開く。

どうやら三人とも、お喋りにのめり込んでいたようだ。

「あはは。楽しい時間は、本当に早いですね」

「そうね。つまらないことをしているときは、とーっても長く感じるのに……」

「あぁ、全くだな」

リアとローズはそう言って、小さく肩を竦《すく》めた。

「ちょっと名残惜しいけれど、今日はこのあたりでお開きにして、続きはまた明日にしましょうか。――それじゃ、みんなの客室に案内するわ。一つ階段を上がった三階よ。付いて来てちょうだい」

それから俺たちは会長に連れられ、一人一人とても豪華な部屋をあてがわれた。

「こ、これは凄《すご》いですね……っ」

壁に掛けられた高級そうな絵画・上品な本革のソファ・装飾の凝ったキングサイズのベッド・重厚感のある木目の美しい箪笥などなど、豪華な調度品の数々……。

俺なんかには、もったいない部屋だ。

「ふふっ、喜んでもらえて嬉しいわ。それじゃアレンくん、おやすみなさい」

「おやすみなさい、会長」

俺たちは小さく手を振り合い、部屋の前で別れた。

「さて、と……。早いところ寝る準備をしてしまおうかな」

その後、ササッと寝支度を済ませた俺は、部屋の最奥に設置されたベッドに腰掛ける。

「おぉ、これはいいな！」

柔らかく、ほどよい反発のあるベッド。

時の世界にあったものと比較しても、全く遜色がないぐらいの一品だ。

「ふわぁ……。うん、そろそろ寝よう……」

間接照明に切り替え、ゆっくり目を閉じた。

およそ十分後、

「……眠れない」

横になったり、仰向けになったり、うつ伏せになったり——いろいろな寝方を試してみたけど、一向に寝付けなかった。

それというのも、気が高ぶって落ち着かないのだ。

(あぁ、あれは本当に凄かったなぁ……)

瞼《まぶた》を閉じれば、あのときの記憶が鮮明に甦《よみがえ》る。

【七の太刀——瞬閃《しゅんせん》！】

【桜華一刀流——連桜閃《れんおうせん》！】

【絶剣《ぜっけん》——七虹連斬《しちこうれんざん》！】

コンマ数秒を争い、数ミリの間合いを奪い、まばたきすらも許されない珠玉《しゅぎょく》の剣戟《けんげき》。

（あれは楽しかったなぁ……）

セバスさんとバッカスさんとの斬り合いは、本当に楽しかった。

（戦闘が楽しいというとなんかゼオンみたいで、ちょっと嫌な気もするけど……）

そんなことがどうでもよくなるぐらい、あの戦いは血湧《ちわ》き肉躍《にくおど》るものだった。

「はぁ、駄目だな……」

こんな状態では、とてもじゃないが眠れない。

チラリと時計に目を向ければ、時刻はちょうど深夜零時を回った頃だ。

「……軽く素振りでもしてこようかな」

二・三十分ほど剣を振れば、高ぶった気持ちも落ち着くだろう。

「――よし、行くか！」

俺はカッと目を見開き、ベッドから跳び上がる。

「服は……まぁこのままでいいか」

いつもみたく、四時間も五時間も剣を振り続けるわけじゃない。

わざわざ制服に着替え直すこともないだろう。

「みんなもう寝てるだろうから、静かに移動しないとな」

壁に立て掛けた剣を腰に差し、ゆっくりと部屋を出る。

長い廊下を真っ直ぐ進み、足音を立てないよう忍び足で階段を降りていくと、

（……あれ？）

二階の北端にある突き出しのテラスに、浴衣《ゆかた》姿のローズを見つけた。

月明かりに照らされた彼女は、どこかもの悲しそうな表情で億年桜《おくねんざくら》を眺めている。

（こんな時間に何をしているんだろう？）

ローズを驚かさないよう、ゴホンと咳払《せきばら》いをしてから声を掛ける。

「――気持ちのいい夜だな。隣、いいか？」

「アレンか。もちろん、構わないぞ」

彼女はそう言って、柔らかく微笑《ほほえ》んだ。

ひんやりとした夜風を感じながら、俺とローズは一緒に億年桜を眺める。

「本当に綺麗《きれい》な桜だな。時間を忘れて、ずっと見ていられるよ」

「あぁ、世界で一番の桜だ」

ローズはコクリと頷《うなず》き、しみじみとそう呟いた。

億年桜まではかなりの距離があるけれど、夜間はライトアップされているため、ここからでもはっきりとその姿を見ることができる。

きっと今頃、あの木の根元は、夜桜を楽しむ大勢の花見客で賑《にぎ》わっているだろう。

「ところで、アレンはどうしてここへ？　眠れなかったのか？」

「あぁ。なんだか気持ちが高ぶっちゃって、スッと寝付けなかったんだよ。気分転換にちょっと素振りでもしてこようと思ったら、偶然テラスに立つローズを見かけてって感じだ」

「ふっ、こんな時間にまで素振りか……。まったく、お前は相変わらずだな」

彼女はどこか呆《あき》れたように肩を竦めながら、クスクスと楽しそうに笑った。

月明かりに照らされながら、口元に手を当てて微笑む彼女は、言葉では表現できないほどに美しい。

（……綺麗だ）

満開の億年桜をバックにしたその姿は、このまま額縁に収められそうなほどに完成していた。

あまりの美しさに目を奪われ、ローズのことをジッと見つめていると、

「……どうした？　私の顔に何かついているのか？」

彼女は可愛《かわい》らしくコテンと小首を傾《かし》げ、自分の頬に手を当てた。

「い、いや、なんでもない。――そ、そうだ！　ちょっと聞きたいことがあったんだけど、

いいかな？」

思わず見惚《みと》れてしまっていたことを悟られないよう、俺はすぐに別の話題を投げる。

「もちろんだ。遠慮せず、なんでも聞いてくれ」

「それじゃ早速――ローズが前に『桜華一刀流は学ぶものではない』って言ったのが、ちょっと気になっているんだけど、あれはどういう意味なんだ？」

ほとんど全ての剣士は、どこかの流派に所属し、そこで様々な技を教えてもらう。

（それがごく一般的で当たり前のことなのだが……）

ローズ曰《いわ》く、桜華一刀流にはその常識が当てはまらないらしい。

「あぁ、そのことか。ふむ、どこから話せばいいのだろうな……」

彼女は悩ましげに呟《つぶや》き、顎にそっと手を添える。

「まずは、そうだな。私たちバレンシア家は、『桜に見初《みそ》められた一族』なんだ」

そうしてローズは、バレンシア家について語り始めた。

「桜華一刀流の開祖ロックス＝バレンシア――私の御先祖様は、遠い異国の地で生まれ育ったらしい。毎日浴びるように酒を飲み、女の尻ばかり追いかけている男だったと、うちの過去帳に詳述《しょうじゅつ》されている」

「そ、そうなのか……」

どうやらバレンシア家の男は、遺伝子レベルで酒好きかつ女好きらしい。

「そんなどうしようもない彼だが……ひとたび剣を握らせれば、まさに一騎当千《いっきとうせん》。長い生涯において、たったの一度しか敗れたことがないそうだ」

「それは凄いな。……ちなみに、その一度は誰に負けたんだ？」

「さぁな。相手の名前までは書かれていなかった。ただ――『俺の桜に土を付けたのは、恐ろしく口の悪い鬼神の如《ごと》き強さの化物だった』と記されている。それと……戦いが終わった後は、一晩だけ満開の桜を肴《さかな》にして酒を酌《く》み交《か》わしたらしい」

「へぇ……。そういう関係性って、ちょっといいな」

戦闘後、勝った負けたを抜きにして、剣を交えた相手とお酒を酌み交わす。

なんというか、少しかっこよく思えた。

（それにしても、ロックスさんとバッカスさんは、かなり似通った人となりをしているな）

もしかしたらバッカスさんは、先祖の血をかなり色濃く受け継いでいるのかもしれない。

俺がそんなことを考えていると、ローズはゴホンと咳払いをした。

「さて、ここからが本題だ。ロックス＝バレンシアは、酒よりも女よりも他の何よりも、ただひたすらに桜を愛していた。あるとき彼は、世界で一番美しい桜を探すために諸国漫遊の旅へ出る。それは千年二千年と続き、ついに魔性の美を持つ『生きた桜』と出会った。そしてロックスは、その桜と『接《つ》ぎの契《ちぎ》り』を結んだ」

「え、えーっと……っ」

いくらバレンシア家が長寿とはいえ、人間が二千年もの時を生きられるのか。そもそもの話、生きた桜とはなんなのか。接《つ》ぎの契りとはいったいどういうものなのか。

次から次に疑問が湧いて出た。

「すまない。いきなりこんな無茶苦茶な話を聞かされても、到底信じられないだろう。何せ一族の次期当主である私も、過去帳の記述については疑問を抱いているぐらいだからな。まさか人間が二千年も生きられるとは思えないし、生きた桜なんてこの目で見るまで信じられない。ただ――接ぎの契り。これだけは、確実に存在すると断言できるんだ」

ローズはそう言って、おもむろに浴衣《ゆかた》の帯を緩め始めた。

シュルシュルという衣擦《きぬず》れの音が響くに連れ、彼女の胸元が徐々にあらわになっていく。

「ローズ、何を……⁉」

俺は突然の事態に目を白黒とさせながら、自然と速まっていく鼓動を抑え付けた。

「みよ、妙な勘違いはするんじゃないぞ⁉　ほら、ここ……！　ここに桜の紋様が浮かび上がっているだろう⁉」

彼女は頬を赤く染めながら、少しだけ露出した左の胸元を指差す。

よくよく見るとそこには、艶《あで》やかな薄桃色の桜の紋様があった。

白雪《しらゆき》の肌を彩《いろど》る、四枚の桜のはなびら。

(そう言えば……。確かこれと似たようなものが、バッカスさんにもあったような？)

俺の記憶が正しければ、彼の左胸には黒々とした桜の紋様があったはずだ。

(このタイミングで見せたことからして……。きっとこの桜の紋様には、さっきの話に繋《つな》がる重要な意味があるんだろう)

そんなことを考えながら、ローズの胸元をジッと見つめていると、

「そんなにじっくりと見られると、さすがにちょっと恥ずかしいぞ……っ」

彼女は顔を真っ赤に染めながら、ぷいとそっぽを向いた。

「わ、悪い……っ」

いくら向こうから見せてきたとはいえ、女性の胸元を凝視《ぎょうし》するのはあまり褒められた行為じゃない。

俺はすぐに回れ右をして後ろを向く。

「帯を締め直すから……しばらく、そのままでいてくれると助かる」

「わかった……っ。終わったら、声を掛けてくれ」

会話が途切れた直後、背後からシュルシュルという衣擦れの音が聞こえてきた。

(この音だけは、何回聞いても慣れないんだよな……っ)

女の子が着替えているときに発せられる、独特の衣擦れの音。これを耳にすると、どうにも気が落ち着かない。

それからおよそ三十秒後、クイクイと俺の浴衣《ゆかた》の袖が引っ張られた。

「……もうこっちを向いていいぞ」

「あ、あぁ……」

「……」

「……」

なんとも言えない空気が流れ、二人の間に気まずい沈黙が降りる。

(……やっぱり男の俺から、切り出すべきだよな……)

何か気の利《き》いた話題を提供せねばと高速で頭を回していると、ローズがゴホンと咳払いをした。

「そ、それでだな！　今しがた見せた桜の紋様――『接ぎの刻印』こそが、接ぎの契りが実在したという証拠なんだ！」

彼女は勢いに任せた早口と大声で、この重苦しい空気を吹き飛ばそうとしてくれた。

俺はその気遣いを無駄にしないよう、振ってくれた話を膨らませることにする。

「接《つ》ぎの刻印と契りか。よかったら、詳しく教えてくれないか？」

「あぁ、もちろんだ」

ローズはコクリと頷き、話を続ける。

「かつてロックスが出会ったとされる生きた桜は、絶海の無人島に咲いていたらしい。しかしその島は、波の浸食作用によってジリジリと削られており、後百年もしないうちに海の中へ消えていく運命だった」

「それはもったいないな」

誰にも見られず、惜しまれず、人知れず海に埋もれていく桜。

あまりにもったいない話だ。

「大の桜好きであったロックスは、それをよしとしなかった。彼は生きた桜に対し、『安住の地へ移してやる』と言ったそうだ」

「安住の地か……。さすがにちょっと難しいんじゃないか？」

それほど木々について詳しいわけじゃないけど、植え替《うか》えが難しいという話は、竹爺から何度か聞いたことがある。

なんでも植え替えをする前後で、地質・気候・日照時間が似通っていることなど、クリアしなければならない条件がいくつもあるらしい。

（それに生きた桜が咲くのは、周囲を海に囲まれた無人島ときている……）

とてもじゃないが、個人の力では不可能だろう。

「アレンの言う通り、普通の方法では到底実現不能なことだ。しかしロックスは、安住の地として『自分の体』を差し出すことによってこれを成し遂げた」

「じ、自分の体を……⁉」

「あぁ、そうだ。彼は生きた桜を体内に取り込み、自らの霊核としたのだ」

「桜を取り込んで霊核にって、そんなことが本当に可能なのか⁉」

霊核、それは人間の魂に宿る力の塊だ。祖霊・幻獣・精霊など、力の源泉として多種多様な存在が確認されているけれど……いまだ詳しいことはわかっていない。

「さぁな。何せ二千年以上も前に記された手記《しゅき》だ。その全てを信じることは難しい。だが、ロックスが人ならざる『ナニカ』と契りを結んだことは間違いない」

ローズは真剣な表情で、はっきりとそう言い切った。

「手記によれば、安住の地を提供するロックスに対し、生きた桜は深い感謝を示した。それと同時に、その身に棲まう宿賃として、『記憶の引き接《つ》ぎ』を約束したらしい」

「記憶の引き接ぎ？」

「あぁ、そうだ。ロックスが子々孫々にわたって伝え続けたい記憶、生きた桜はそれを接《つ》いでいくと言ったそうだ」

「それって、もしかして……!?」

『剣士』が子どもに伝えたい記憶と言えば、あれしかないだろう。

「ふっ、察しがいいな。ロックスの選んだ記憶、それは一子相伝の秘剣――桜華一刀流だ。接《つ》ぎの契りとはすなわち、ロックスが生きた桜の命を接ぎ、桜が彼の剣術を子孫へ接ぐことを約束したものなんだ」

そうしてローズは、話をまとめにかかる。

「先ほど見せた通り、私たちバレンシア一族は左胸に桜の紋様――接ぎの刻印をもって生まれる。それが、今なお契りが有効であることを示す証拠だ。そして実際、私には物心つく前から、『桜華一刀流という記憶』がある」

「そうなのか」

「あぁ。つまり桜華一刀流は、誰かに『学ぶもの』ではない。私たちバレンシア一族が、ロックスの記憶を頼りに『再現するもの』なんだ」

彼女はそう言って、俺が最初に投げた質問に答えてくれた。

「……なるほど……」

軽い気持ちで素振りに出掛けたつもりが、途轍《とてつ》もなく壮大《そうだい》な話を聞いてしまった。

「ところで、ロックスさんと彼が取り込んだ桜は、その後どうなったんだ？」

何せ二千年もの時を生きた、あの桜華一刀流の開祖様だ。

もしかしたら、まだどこかで生きているかもしれない。

（そして接《つ》ぎの契り……）

今なおこれが有効であるというのならば、生きた桜はどこかに存在しているはずだ。

「彼の最期《さいご》については、全く記録が残されていない。ただ──『生きた桜は、今もちゃんと咲いておる』と、お爺《じい》さまが言っていたな。残念ながら、詳しい場所までは教えてくれなかったが……」

ローズはそう言って、小さく首を横へ振った。

「ちなみにロックスの分厚い手記は、最後にこう結ばれていた。『──まだ見ぬ、我が子孫たちへ。桜華一刀流を正しく発展させ、いつかあの鬼神の如き友に打ち勝たんことを願う。ロックス＝バレンシア』。これを見る限り、生涯でただ一度の敗北がよほど悔しかったらしい」

「あはは。負けず嫌いなところは、ローズと一緒だな」

俺がそんな冗談を口にすると、

「むっ、それは褒めているのか？」

彼女は少し大袈裟《おおげさ》に眉をひそめ、ジィッとこちらを見つめた。

『美人はどんな顔をしても美しい』というのはまさにその通りで、ちょっとむくれたローズもとても可愛《かわい》らしい。

「あぁ、もちろん褒めているよ」

「ならばよし」

「ふふっ、なんだそれ」

俺たちはクスクスと笑い合い、話が一段落したところで、

「――一応言っておくが、さっきの話はバレンシア一族だけの秘密なんだ。絶対に他言無用で頼むぞ？」

ローズは人差し指を口に添え、『しーっ』というジェスチャーを取った。

「わかった。だけど、どうしてそんな大事なことを俺なんかに……？」

「アレン、女という生き物はな。好《す》いた男には、自分の全てを知ってほしくなるものなんだよ」

彼女はそう言って、これまで見せたことのない大人の微笑《ほほえ》みを見せた。

「……っ」

月明かりに照らされたその笑顔は、思わず時間を忘れて見惚《みほ》れてしまうほど――美しかった。

■

ローズと別れた後、俺は本来の目的である素振りを行う。

「――ふっ、はっ、せいっ！」

剣を振り上げ、振り下ろす。十数億年と繰り返した反復動作。

俺にとってこれは、もはや呼吸のようなものだ。

一振りごとに思考が晴れ、気持ちが落ち着いていくのがわかる。

(それにしても、『鬼神の如《ごと》き強さを誇る友』か……)

あの桜華一刀流の開祖ロックス＝バレンシアでさえ敵《かな》わない化物。

(俺の中にいる化物《ゼオン》とどっちが強いんだろうな……)

一人の剣士として、これはとても興味深い話だ。

ゼオンの強みは大きく分けて二つ、圧倒的な闇の出力と人の域を越えた膂力《りょりょく》。

(闇を纏《まと》ったあいつは、硬いなんてもんじゃないからな……)

生半可な斬撃では、薄皮一枚斬れないどころか、逆に剣の方が折られてしまう。

(そして何より、人知を超越したあの膂力)

ほんの一瞬でも気を抜けば、あっという間に距離を詰められ、痛烈な一撃を叩《たた》き込まれて終わりだ。

(やっぱり、ゼオンが負けるところなんて想像できないな……)

あいつは粗暴で乱暴で凶暴で、問題だらけの男だけれど……あの絶対的な強さにだけは、どうしても憧れてしまう。

(もっともっと修業して、いつかゼオンに勝てるぐらいの剣士になってやる!)

俺はそんなことを考えながら、一時間ほど剣を振り続け、その後は部屋でぐっすりと眠るのだった。

■

あれから五日間、俺たちはバッカスさんとローズから、桜華一刀流の手ほどきを受けた。

春合宿の期間が一週間しかないため、桜閃《おうせん》・夜桜《よざくら》・雷桜《らいおう》――突き・袈裟《けさ》斬り・居合斬りという基本の三種に絞り、徹底して磨き上げていく。

(凄《すご》い……!)

桜華一刀流の術理により、日に日に研ぎ澄まされていく斬撃。

バッカスさんという最高のお手本を見ることで、洗練されていく体捌《たいさば》き。

俺の剣術は今、かつてないほど急激な進化を遂げていた。

（……やれる、やれるぞ！　俺はまだまだ強くなれるんだ！）

そんな風に厳しくも充実した日々を過ごし――たった今、六日目の修業が終わった。

「「「「――ありがとうございました！」」」」

稽古を付けてくれたバッカスさんとローズへ、感謝の礼をする。

「ばららら、今日もよく頑張ったのぅ！　お前さんらみんな、初日とは見違えるほど強くなっておるぞ！」

満足そうに頷《うなず》いた彼は、突然ハッと何かに気付いた。

「そう言えば……明日あたりが最終日じゃったか？」

「はい。最後の一日も、どうかよろしくお願いします」

俺がペコリと頭を下げると、

「そうか、少し寂しくなるのぅ……」

バッカスさんは明後日《あさって》の方向を向きながら、ポツリとそう呟《つぶや》く。

チェリンでの春合宿は明日で終わり、俺たちはリーンガード皇国へ帰国する。

（できることならば、合宿期間を延長して、桜華一刀流をもっともたくさん教えてもらいたいところだけれど……）

残念ながら、そうはできない事情があった。

それというのも、俺と会長はこの合宿が終わった後すぐ、天子様がお開きになる『緊急会議』に臨まなくてはならないのだ。

（はぁ、どうしてこんなことに……）

昨日、俺は会長に呼び出されて、とあるお願いごとをされた。

なんでも、各国首脳陣による極秘会談がもうすぐ終わり、天子様はリーンガード皇国に帰国するらしい。その後、極意会談での決議事項をもとにして、『皇族派として推し進める国策』を決める緊急会議が開かれるとのことだ。

そこに出席するのは、リーンガード皇国の元首である天子様と皇族派筆頭のロディスさん、アークストリア家の次期当主である会長……そしてどういうわけか、俺もお呼ばれしているらしい。

（正直、天子様にはいろいろと思うところがあるし、政治についてなんの知識もない俺を呼ぶ意味はわからないけれど……）

いろいろとお世話になっている会長から、「アレンくん、お願い……っ」と頼み込まれては、無下に断るわけにもいかなかった。

こういうわけで合宿の延長は難しく、バッカスさんに剣を学べるのは、明日が最後の一日となっているのだ。

「本来ならば、もっと基礎を磨いてから取り組むべきなのじゃが……やむを得んな。——どれ、儂《わし》からの餞別《せんべつ》じゃ。明日は桜華一刀流が奥義《おうぎ》鏡《きょう》桜斬《おうざん》を教えてやろう！」

「本当ですか⁉」

桜華一刀流奥義鏡桜斬。

鏡合わせのように左右から四つの斬撃を放つ、ローズの得意技だ。

（バッカスさんが放つ鏡桜斬、きっととんでもないことになるぞ……！）

俺が期待に胸を膨らませていると、

「お爺さま、あなたの鏡桜斬は、体への負担が大き過ぎる。本当に大丈夫なんですか⁉」

ローズはとても不安そうな表情で、バッカスさんの体を気遣った。

（『あなたの鏡桜斬は』……？）

どうやら彼の鏡桜斬は、特別なものらしい。

「ばららら、心配無用じゃ！　儂は二千年以上生きると、心に決めておるからのぅ！」

「はぁ……わかりました」

ドンと胸を張るバッカスさんに対し、ローズは大きなため息をつく。

二千年と言えば、桜華一刀流の開祖ロックス＝バレンシアが生きたとされる年数だ。

（長寿勝負というやつだろうか？）

一秒でもいいから、ロックスさんよりも長生きしたいらしい。

(ローズもバッカスさんもロックスさんも、バレンシア一族は本当に負けず嫌いだなぁ……)

俺が苦笑いを浮かべていると、バッカスさんはゴホンと咳払《せきばら》いをする。

「鏡桜斬の修業は、これまでよりも遥《はる》かに厳しいものとなる。今晩は滋養《じよう》のつくものを食し、温かい湯で体をほぐし、ぐっすりと眠り——とにかく、体を休めるように努めるがよい。それでは——解散」

「「「ありがとうございました」」」

そうしてバッカスさんと別れた俺たちは、飛空機《ひくうき》に乗って、アークストリア家の屋敷《やしき》へ戻るのだった。

■

屋敷に到着した俺たちは、大浴場の温かいお風呂《ふろ》で疲れを落とした後、みんなで一緒に晩ごはんを食べる。

大きな食卓に並ぶのは、炊き立てのお米・肉厚のステーキ・新鮮な野菜のサラダ・温かいコンソメスープ。

素材のよさを活《い》かした、シンプルかつ栄養価の高いものばかりだ。

しっかり栄養を摂《と》った後は、それぞれ各自の部屋に戻る。

（いつもなら会長の部屋に集まって、みんなでおしゃべりしたりするんだけど……）

さすがに今日は、そういうわけにもいかない。

なんといっても明日は、桜華一刀流の奥義を教えてもらえるのだ。

バッカスさんに言われた通り、きちんと体を休めておかなければならない。

「さて、そろそろ寝ようかな」

チラリと時計を見れば、時刻は夜の十時。

いつもよりちょっと早いけど、まぁ問題ない時間だ。

「……いや、その前にトイレへ行っておこう」

そんなにもよおしているわけじゃないけど、変な時間に起きてしまわないよう、今のうちに済ましておいた方がいいだろう。

俺はゆっくりと自室の扉を開き、シンと静まり返った廊下を歩く。

すると――。

「――えぇ。……うん、わかったわ」

遥か前方から、美しい女性の声が聞こえてきた。

（この声は……会長？）

何やら元気がないように聞こえるけど、いったい誰と話しているのだろうか？

「……そう、やっぱりうまくいかなかったのね」

トイレのある南方に進むに連れて、会長の声はどんどんはっきりと聞こえるようになっていった。どうやら、トイレの近くで話し込んでいるようだ。

（うーん、どうしようかな……）

このまま直進するか、はたまた迂回《うかい》して、二階のトイレへ行くか。

（まぁ、わざわざ避けることもないか）

誰かに聞かれたくない話なら、こんな廊下でしたりはしないだろう。

そう判断した俺は、そのまま真《ま》っ直《す》ぐ進み、突き当りの角を右に曲がる。

するとそこには——黒い受話器を耳にあてた会長がいた。

「ええ、こっちは大丈夫。みんなで楽しくやっているわ。後それから、アレンくんは来てくれるみたいよ。……そうね、不幸中の幸いかしら」

彼女は空いた左手で美しい黒髪をいじりながら、重たいため息をつく。

誰かと電話しているようだが、あまりいい話ではなさそうだ。

（それよりも今、俺の名前が出ていたような……？）

なんの話をしているのか、ちょっぴり気になってきたところで、

「それじゃ、また明日。おやすみなさい、お父さん」

会長はそう言って、静かに受話器を下ろした。

「――ゴホン。こんばんは、会長」

軽く咳払いをしてから、通話を終えた彼女に声を掛ける。

「あら、アレンくん。こんな夜遅くにどうしたのかしら？」

会長は一瞬驚いた後、すぐにいつもの優しい表情を浮かべた。

「なんだか寝付きが悪かったので、軽く散歩でもしようかと思いまして」

実際のところ、寝る前に小便を済ませに来ただけなのだが……。それをそのまま伝えるのは、なんだかちょっと気が引けた。

「そう、それはいい案かもしれないわね」

彼女は可愛《かわい》らしく腕を組みながら、「うんうん」と頷いた後、

「でも、夜更《よふ》かししちゃダメよ？　なんといっても明日は、桜華一刀流の奥義を教えてもらう大事な一日なんだから」

人差し指をピンと立て、『お姉さん』らしい注意をした。

「あはは、了解です。少し外の空気を吸ったら、すぐに部屋へ戻りますね」

「ふふっ、それがいいと思うわ」

軽い雑談を終えたところで、ちょっと踏み込んだ質問をしてみる。

「ところで会長、さっき電話をしていたようですが……」

「あ、あぁー……やっぱり、聞こえていたわよね。……うん、お父さんからよ」

長年政府の要職を務めてきた、アークストリア家の現当主ロディス＝アークストリア。

彼は今、天子様やレイア先生と共に、各国の首脳陣が集う極秘の会談に出席しているはずだ。

「ロディスさんからの電話ということは……極秘会談のことですか。確か、今日のお昼までに終わる予定でしたよね？」

「ええ、本来ならそのはずだったんだけど……。いろいろと長引いちゃって、ついさっき終わったみたいなのよ」

会長は肩を竦《すく》めながら、壁掛け時計に目を向けた。

時刻は既に夜の十時を回っており、単純計算で十時間以上もオーバーしている。

「随分と押したんですね……。もしかして、何か問題でもあったんでしょうか？」

「ご明察。さっきの電話は、その件についての連絡よ。事前に予想されていた問題と完全に想定外のトラブルが同時に発生して、かなり荒れた会談になったらしいわ」

彼女は眉間に手を添えながら、「はぁ……」と大きなため息をついた。

どうやら、中々に堪《こた》えているようだ。

「……ねぇ、アレンくん。もしよかったら、ちょっと話し相手になってくれないかしら？　お姉さん、なんだかちょっと気が重たくてね」

「はい。俺なんかでよければ、お付き合いしますよ」

「ふふっ、ありがと。あなたはいつも優しいわね」

会長は柔らかく微笑《ほほえ》んだ後、

「私もまだ詳しく聞けたわけじゃないから、大きな問題が起きたところだけ話そうかしら……」

壁に背を預けながら、ゆっくりと語り始めたのだった。

「まず事前に予想されていた問題なんだけれど……。リーンガード皇国・ヴェステリア王国・ポリエスタ連邦・ロンゾ共和国――極秘会談に参加した、大国間における意見の不一致ね」

会長は指を一つ一つ折りながら、かつて五大国を形成した国の名前を挙げ連ねた。

（本来ならば、その会談にテレシア公国も参加していたはずなんだろうけど……）

あそこは魔族と黒の組織の襲撃を受け、神聖ローネリア帝国の統治下にある。

とてもじゃないが、会談に参加できるような状態じゃない。

「意見の不一致が起きた議題は、『神聖ローネリア帝国への対応』よ。『今は静観し、対話の道を模索すべき』と主張するリーンガード皇国とポリエスタ連邦。『一刻の猶予《ゆうよ》も与えず、全面戦争に乗り出すべき』と主張するヴェステリア王国とロンゾ共和国。両陣営の意見が、真っ向から対立したの」

彼女は困り顔で、肩を竦《すく》めた。

「……なるほど」

穏健派と過激派。

両者がここまではっきりと分かれてしまっては、進む話も進まないだろう。

(でも、リアのヴェステリア王国は、全面戦争を望んでいるのか……)

グリス陛下が強硬な態度を取っている原因は……去年の八月頃、愛娘《まなむすめ》のリアが黒の組織に誘拐されたからだろうか。

「ただまぁ、これはそこまで大きな問題じゃないわ。会談が始まる前から、ある程度予想されていたことだしね。それに何より、神聖ローネリア帝国に対抗するには、四大国が足並みを揃えなければならない。この認識を各国首脳陣の間でしっかりと共有できているもの」

「つまり……四大国の意見が一致しない限り、全面戦争は起きないということでしょうか？」

「そういうこと。ヴェステリア王国とロンゾ共和国がどれだけ強硬策を唱えようと、リーンガード皇国とポリエスタ連邦が首を縦に振らない限り、全面戦争にはならないわ。四大国の豊富な物資と各国に散らばる人類最強の七聖剣――この二つが揃って、ようやく初めて帝国と五分に渡り合えるんですもの」

「それだけの力が集まって、やっと互角なんですね……」

悔しいが、やはり神聖ローネリア帝国は『世界最強の国』のようだ。

豊かな土壌・膨大な人口・進んだ科学技術に高度に発展した医療、そして何より――黒の組織という恐ろしい武力。

帝国はどうやって、ここまでの力を持つようになったのか。こんな超大国を長年治め続けている皇帝バレル＝ローネリアとは、果たしてどんな人物なのか。

依然として、謎だらけの国だ。

「神聖ローネリア帝国への対応については、これまで何度も激論を交わしてきたことだから、今回もまた例の如《ごと》く次回以降の会談に持ち越しって感じね」

会長は短くそうまとめた後、

「ただ、問題は次よ。今日の午後、会談もいよいよ終わろうかというそのとき――誰もが想像だにしなかった事態が起きたの」

これまで以上に真剣な顔で、本題の話を切り出した。

「アレンくんも知っての通り、かつて五大国の一角を担《にな》ったテレシア公国は、神聖ローネリア帝国に落とされてしまったわ」

「元日の一件ですね」

魔族との同盟を発表した帝国が、突如五大国へ一斉攻撃を仕掛けたあの大事件。

ここリーンガード皇国はもちろんのこと、世界各地でたくさんの血が流れた地獄のような一日だ。

「そうよ。そして、これはまだ公にされていない情報なんだけれど……。実はあのとき、偶然テレシア公国に滞在していた七聖剣がいたの」

その情報は、完全に初耳だ。

「男の名はフォン＝マスタング。『正義の心』を持つ、恐ろしく強い剣士よ。彼は魔族と神託の十三騎士と交戦した後、消息不明になっていたの。残念だけれど、激しい死闘の末に戦死した――誰もがそう思っていたわ」

会長はそこで一息をつき、

「だけど今日、死んだはずのフォンが極秘会談の場に姿を現したの。しかも、例の黒い外《がい》套《とう》を身に纏《まと》ってね」

とんでもないことを口にした。

「『例の黒い外套《がいとう》』って……七聖剣が黒の組織に入ったってことですか⁉」

フォン＝マスタングという剣士が、いったいどんな剣士かは知らないけれど……。

正義の聖騎士から悪の黒の組織へ。それは最低最悪の裏切り行為であり、決して許されないことだ。

「ええ、どうやらそうらしいのよ……。フォンは自らの口ではっきりと『アレン＝ロードルに殺されたグレガ＝アッシュ、その後釜として神託の十三騎士に加わった』と説明したみたい」

「……グレガ、か」

かつてヌメロ＝ドーランの屋敷《やしき》で剣を交えた、危険極まりない男だ。

（本当はセバスさんが『処分』したんだけど……）

彼の巧みな情報操作によって、あの一件の罪は全て俺がかぶっている。

「フォンの裏切りが発端となって、現地ではいろんな問題が起きたらしいんだけど……。その詳細については、まだあまり詳しく聞けてないの。さっきの電話では、そんなに深いところまで話せなかったから」

「なるほど、そうだったんですね……」

七聖剣の一人、フォン＝マスタング。

どうして彼は、聖騎士を裏切って黒の組織へ入ったのか。

いったい何故《なぜ》、極秘会談の場に姿を現したのか。

そこでどんな問題が引き起こされたのか。

聞きたいこと・知りたいこと・疑問に思うこと、それらが頭の中をグルグルと駆け巡る。

俺が黙り込んだまま、情報の整理をしていると、

「実は最後に一つだけ、アレンくんに確認しておきたいことがあるの。……聞いてもらえるかしら？」

会長は何故か恐る恐るといった風に、話を切り出してきた。

「確認しておきたいこと……？」

「えぇ。天子様とうちのお父さんが、どうしてもアレンくんに聞いておきたいみたいなの」

「天子様とロディスさんが……？　いったいなんでしょうか？」

あの二人が俺にどうしても聞きたいこと……正直、まったく見当がつかない。

「二人が聞きたがっているのは、あなたとも関わりの深い『とある人物』についてのこと

なんだけれど……。なんというか、その……これはまだ確定したことじゃなくて、推測の域を出ない話だから……怒らずに聞いてね？」

「ええ、わかりました」

会長にしては珍しく、歯切れの悪い喋《しゃべ》り方だ。

「いろいろとトラブルのあった会談なんだけれど……。一番の問題は極秘中の極秘事項である開催場所の情報を、いったい誰が帝国へ横流ししたのかよ」

「確かに、そうですね」

国の首脳陣が一堂に会する秘密の場所。

それが敵国へ筒抜けになっているこの現状は、絶対に看過できない。

今すぐにでも情報の出所《でどころ》を突き止め、迅速に対処する必要があるだろう。

「それで会談の最後には、『犯人探し』が行われたの」

「犯人探しですか……」

それはまた、ギスギスしそうな話題だ。

「極秘会談の開催場所は、聖騎士協会の頂点である『聖騎士長』様が決定し、それを四大国の元首に伝えた。もちろん、情報漏洩が起きないように万全の対策をしていたわ。いかなる電子端末にも記録を残さないよう最も原始的な郵便配達という手法を採用したうえ、その運び手には会談に出席予定の四人の七聖剣を登用したの」

「それはまた豪華ですね」

「ええ、世界一安全かつ頼れる郵便屋さんね。だから、絶対に情報が漏れることはない……はずなのよ」

「それが、いとも容易《たやす》く漏れてしまったと」

「ええ……。どうやら四大国側には、『裏切り者』がいるみたい」

裏切り者。その言葉を聞いて、パッと思い浮かんだのは――千刃学院の副生徒会長セバス＝チャンドラーだ。セバスさんは長年リーンガード皇国に潜伏し、いくつもの事件に関与してきたとされている。

(だけど、彼は今年の初めに帝国へ帰還し、その後は皇帝直属の四騎士として暗躍している……)

時系列的に考えて、この件《くだん》の裏切り者じゃないだろう。

「常識的に考えるならば、容疑者はたったの九人。四大国の首脳四人・配達の任を受けた七聖剣四人・それから開催場所を決定した聖騎士長様ね」

会長は両手の指を一本一本折りながら、裏切りの可能性がある者を挙げ連ねた。

「たったの九人……数の上では、かなり絞られていますね」

会長はコクリと頷《うなず》き、話を先に進めていく。

「まずはリアさんの父グリス＝ヴェステリア陛下を含めた四大国の首脳陣なんだけど……。はっきり言って、彼らが情報を漏らすことはあり得ないわ」

「こう言ってはなんですが……『身売り』の線などは、考えられないでしょうか？」

自分だけでもいいから、神聖ローネリア帝国に迎え入れてほしい。その代わりに、国の主権を帝国へ譲り渡す。

そんな身売り話を持ち掛ける元首がいても、おかしくはないだろう。

「去年までなら、その可能性はゼロじゃなかったわね。だけど、今はもう絶対にあり得ない。だって、今年のお正月にテレシア公国の首脳陣とその配下は、全員殺されてしまったもの……。大人しく白旗を掲《あ》げ、恭順の意を示したにもかかわらずね」

「……全員、ですか」

普通の神経をしていたら、無抵抗の相手にそこまではやらない。

いや、やれないだろう。

そもそもの話、剣士じゃない『一般人』の虐殺は、国際条約違反だ。

「バレル＝ローネリアは、行き過ぎた秘密主義者であると同時に徹底的な完璧主義者みたいね。ほんのわずかでも裏切りの可能性がある者は、即抹殺。テレシア公国での虐殺は、きっとクーデターの危険を恐れたのでしょうね……一応言っておくけれど、この話は一般に公開されていないから、オフレコでお願いね？」

「はい、もちろんです」

元五大国の一つ、テレシア公国で発生した大虐殺。

そんなニュースが公に流れれば、とんでもないパニックが起こるだろう。

情報規制は、至極当然の判断だ。

「でも、会長……。どうしてバレル＝ローネリアは、七聖剣フォン＝マスタングを黒の組織に迎え入れたのでしょうか？」

本当にクーデターの危険を恐れたのならば、『裏切り者の七聖剣』なんて真っ先に消しておきたい存在に思えるのだが……。

「うーん、そこはちょっとよくわからないのよね……。完璧主義だけれど、それ以上に実力主義だったとか？」

「なる、ほど……」

あまりしっくりとこないが、ここでどうこう考えても答えはでない。

「まぁとにかく。よっぽどの弱味でも握られていない限り、バレル＝ローネリアのことを信用する国家元首はいないでしょうね。そういうわけで身売りの線は――四大国の首脳陣が情報を漏らすことは絶対にあり得ないの」

よっぽどの弱味、か……。

「次に七聖剣の裏切りなんだけど、これはもっと考えられないわね」

会長は苦笑いを浮かべ、肩を竦《すく》めた。

「今回郵便屋さんに選ばれた七聖剣の面々《めんめん》は……。なんというかその、いろんな意味で問題の多い人たちなのよ」

「問題の多い……？」

「ええ、元々七聖剣は変人奇人の集まりなんだけれど……。今回選ばれた四人は、その中でも特に異彩を放っているわ。恐ろしいほど頭が固くて、全然融通の利《き》かない人。『超』が付くほどの単細胞で、言われたことを言葉通りにしか実行できない人とか……。とにかく『絶対に情報を漏らさない・漏らすことさえできない』――聖騎士長様がそう判断を下した『困ったさん』ばかりなの」

「な、なるほど……」

聖騎士協会が誇る、人類最強の七剣士。

（『正義と剣術の頂《いただき》』に立つ七聖剣が、まさかそんな問題のある集団だったとは……）

俺の持っていた『かっこいいイメージ』とは、かなり違っているようだ。

「まぁそういうわけで、七聖剣の四人も情報漏洩には関与してないと考えていいわ。というより、そういう風に考えないとこれから先やっていけないのよ……」

「そう、ですね……」

フォン＝マスタングの離反によって、四大国の戦力は大きく落ちてしまった。

もしもさらなる裏切り者が七聖剣から出た場合、帝国の悪行を止めることは現実的に困難なものになってしまう。

「最後の容疑者、聖騎士長様についてなんだけれど……。彼の裏切りなんて、それこそあり得ない話ね。もしも聖騎士長様が帝国側に与《くみ》していたとするならば、その特別な地位と強大な権力を悪用して、もっと直接的な手段を採るはずよ。わざわざ情報漏洩みたいな、回り道をする必要がないわ」

「確かに、その通りですね……」

受けた被害の規模から考えて、聖騎士長の裏切りはないと見ていいだろう。

「つまり現状を整理すれば、『容疑者九人の中に疑わしい人物はいない』という結論になっちゃうの」

「だけど、現実問題として帝国側に会談の場所は漏れていたんですよね？」

「ええ。だから、各国の首脳陣は、考え方を変えたわ。するとその結果、新たな容疑者が浮上したの。あまり気を悪くしないでほしいのだけれど……。残念ながら、あなたとも関わりの深い人よ」

「だ、誰のことを言っているんですか……!?」

俺と関係の深い人が、帝国に情報を流した。

そんなことを言われて、冷静さを保っていられるわけがない。

すると――会長は神妙な面持ちで、その裏切り者の名前を口にした。

「五豪商の一人にして狐《きつね》金融の元締め、悪名高き『血狐《ちぎつね》』リゼ＝ドーラハイン。天子様を除く四大国の首脳陣は、満場一致で彼女の名前を挙げたわ」

「なっ!?」

あの心優しい彼女が……裏切った……？

（そんなこと、絶対にあり得ないだろ……っ）

去年の八月頃。リアがザク＝ボンバールとトール＝サモンズに誘拐されたあのとき、リゼさんは快く奴等《やつら》の研究所の位置情報を教えてくれた。

（それだけじゃない……。大同商祭で初めて顔を会わせたときだって、彼女は俺たちのことを助けてくれた）

黒の組織が仕掛けた爆弾が作動し、大同商館が吹き飛ばされたあのとき、魂装の力を展開して大爆発を消してくれたのは——他でもないリゼさんだ。

もしも彼女が能力を使ってくれなければ、俺とリアとローズの三人は大怪我《おおけが》を負い、ドレスティアの街はとてつもない被害を受けただろう。

（そんなリゼさんが、裏切り者だと……？）

いくらなんでも、性質《たち》の悪過ぎる冗談だ。

俺が奥歯を強く噛《か》み締《し》めていると、

「ちょ、ちょっとストップ！　落ち着いて、アレンくん！　体からとんでもなく邪悪な闇が漏れてるから！　お姉さん、さすがにちょっと怖いから……！」

会長は引きつった笑みを浮かべながら、大きく後ろに下がった。

「ふぅー……」

俺は大きく息を吐き出し、体からじんわりと漏れた闇を引っ込める。

「……お、落ち着いてくれたかしら……？」

「すみません、少し気が立ってしまいました」

頭を軽く左右に振り、高ぶった気持ちを鎮《しず》めていく。

「それで……どうしてリゼさんの名前が挙がったんですか？」

彼女と極秘会談の間には、なんの関連性もないはずだ。

「私も、まだ詳しい話を聞けたわけじゃないんだけれど……」——会長はそう前置きをしてから語り始めた。

「七聖剣の四人が郵便配達の任を与えられた日、リゼ＝ドーラハインが聖騎士協会の本部を訪れていたらしいの」

「リゼさんが本部に……？」

「四人の七聖剣が口を揃《そろ》えてそう証言したらしいから、まず間違いないわ。多忙を極める彼女が、わざわざ出向いたということは……。おそらく、聖騎士長様とお話しする予定があったんでしょうね」

「……そうかもしれませんね」

リゼさんは分刻みのスケジュールを送っており、あの天子様でさえアポイントを取るのに苦労するらしい。そんな彼女が直接足を運んだということは、かなり大きな用事があったのだろう。

「極秘会談の開催地が決まった直後、タイミングよく聖騎士長様のもとを訪れたリゼ＝ドーラハイン。彼女が闇と深い繋《つな》がりを持ち、驚異的な情報網を有することは、とても有名な話よ。『あの女狐《めぎつね》が精神干渉系の魂装で情報を横抜きし、帝国へ売り付けたに違いない』——首脳陣の間では、そんな声がいくつもあがったわ」

会長はそう言って、リゼさんが槍玉《やりだま》に挙げられた経緯を説明してくれた。

（彼女がどういう人なのかを知ろうともせず、誰が流したかもわからない悪評に踊らされる首脳陣……）

彼らについては、正直いろいろと思うところがあるけれど……ここで一人、苛立《いらだ》っていても仕方がない。

俺はひとまず気持ちを落ち着け、話を先へ進めることにする。

「それで、天子様はなんと？」

会長はさっき、天子様だけはリゼさんを犯人扱いしなかったと言っていた。

「『情報の出揃《でそろ》っていない現時点では、発言を差し控えさせていただきます』。そう言って、判断を一時保留にしたそうよ。まぁそれというのも全て、アレンくんの機嫌を損ねたくなかったからでしょうね」

「……え？」

どうしてそこで、俺の名前が出てくるのだろうか。

しかも、機嫌を損ねたくないとは、どういう意味なのか。

頭の中に、いくつもの疑問が浮かび上がる。

「この前も話した通り、私たち皇族派はあなたの囲い込みに活路を見出《みいだ》しているの」

「それって、皇族派と貴族派の政治問題の件ですよね？」

リーンガード皇国では、皇族派と貴族派が激しく対立している。

以前会長から、そんな話を聞かされたことがあった。

「ええ、そうよ。貴族派が七聖剣の一人を囲っている以上、皇族派もそれ相応の武力《アレンくん》が必要なの」

会長はそう言いながら、俺の肩を人差し指でポスポスと突《つつ》いた。

(ただの学生剣士と聖騎士協会が誇る人類最強の七剣士、とても釣り合いが取れるとは思えないけど……)

天子様とロディスさんには、とんでもなく過大評価されてしまっているようだ。

「それで話を戻すのだけれど……。アレンくんと血狐の蜜月関係は、裏の世界じゃもはや常識。知らない人はいないわ」

「み、蜜月関係というのは、ちょっと言い過ぎのような……」

確かにリゼさんには、これまでいろいろとお世話になっている。

だがしかし、蜜月関係と言えるほど、親密なお付き合いをしているわけじゃないと思う。

「隠してもしょうがないから、はっきり言ってしまうけど……。おそらく他の首脳陣と同じように、天子様とお父さんも血狐が怪しいと睨《にら》んでいるはずよ。ただそれを表立って口にすれば、アレンくんの不興を買ってしまい……最悪の場合、あなたが貴族派に取り込まれてしまうかもしれない。そうなったら皇族派は、もう完全にお手上げ状態になるわ」

会長は赤裸々にそう語ると、小さく肩を竦めた。

「そんな最悪の事態を避けるために、天子様とお父さんは『リゼ＝ドーラハインの判断』を保留にしたんでしょうね。その証拠に二人は、どうしてもあなたに聞いておきたいみたいよ。――『次の極秘会談で、血狐を容疑者に挙げていいかどうか』をね」

「……一応、事情は把握しました」

ここまでの話を頭の中でしっかりと整理し――結論を導き出す。

「俺のような一学生が、天子様とロディスさんの意見に口出しはできません。二人が情報漏洩《ろうえい》の容疑者として、リゼさんを推すのであれば……それは仕方のないことです」

リーンガード皇国の頂点に立つ御方と長年その補佐を務めてきた国家の重鎮。

そんな二人に対し、俺は異議を唱えられるような立場にない。

「ただ、リゼさんが帝国へ情報を渡すなんて絶対にあり得ない。これだけは、はっきりと言っておきます」

いろいろと誤解されているようだが、彼女は本当に心の優しい人だ。

決して、四大国を裏切ったりするようなことはしない。

「ふふっ、あなたらしい回答ね。それじゃそういう風に、お父さんへ連絡しておくわ」

「はい、お願いします」

話がまとまったところで、会長は小さく息を吐き出した。

「ふぅー……アレンくん、付き合ってくれて本当にありがとう。あなたのおかげで、気持ちがスッキリしたわ」

「いえ、お役に立てて何よりです」

かなり重たい内容だったから、ちょっと胃もたれを起こしそうだけれど……。

彼女の気持ちが少しでも楽になったのなら、それでいい。

(さて、そろそろトイレに行こうかな)

思いのほか長く話し込んでしまった。さっと用を足して、明日に備えて眠ろう。

俺がそんなことを考えていると、

「ところでその……怒ってない？」

会長は恐る恐るといった風に問い掛けてきた。

「えぇ、怒っていません」

リゼさんを容疑者として推すかどうかの一件、確かに少し思うところはあるけれど……。

それを彼女にぶつけるのは、お門違いというものだ。

「ほんとのほんとに怒ってない？」

「ほんとのほんとに怒ってませんよ。それにほら『会長には一生嘘《うそ》をつかない』って、ちゃんと約束したじゃないですか」

「そ、そっか、約束したんだもんね……！」

彼女は何故《なぜ》か頬を朱に染め、とても嬉《うれ》しそうに微笑《ほほえ》んだ。

「それじゃ、お姉さんはもう寝るわね。おやすみなさい、アレンくん」

「おやすみなさい、会長」

そうして俺たちは、互いに手を振り合いながら別れたのだった。

■

迎えた春合宿最終日。

今日はバッカスさんから桜華《おうか》一刀流《いっとうりゅう》奥義《おうぎ》鏡桜斬を教えてもらう、とても大切な一日だ。

「――よし、いい調子だ」

柔軟・ランニング・素振り。早朝から軽い運動をこなした俺は、気力と体力の充実具合に拳を握る。

（ふふっ、楽しみだなぁ）

かつて世界最強の剣士と謳《うた》われた、バッカス＝バレンシア。

そんな彼が放つ、桜華一刀流奥義鏡桜斬。

（いったいどれだけ凄《すご》い斬撃なんだろうか……）

期待に胸が膨らみ過ぎて、さっきからどうにも落ち着かない。

「っと、もうこんな時間か」

時計を見れば、時刻はお昼の十二時。

そろそろ、みんなでお昼ごはんを食べる時間だ。

「よし、行くか」

タオルで軽く汗を拭ってから、アークストリア家の食堂へ向かう。

それから俺は、リア・ローズ・会長・リリム先輩・ティリス先輩——みんなで一緒に春合宿最後の昼食を取った。

軽めの昼食を済ませた後は、必要最低限の荷物を持って、屋敷《やしき》の正面玄関に集合する。

「そろそろ出発しようと思うのだけれど、みんな準備はいいかしら？」

小さなショルダーバッグを提《さ》げた会長が、そんな風に確認を取ると、

「おぅとも！　これ以上ないほど、グッドコンディションだぜ！」

「睡眠もいっぱいとれたし、最高の状態なんですけど！」

リリム先輩とティリス先輩は、元気のいい返事をした。

「タオルよし、水筒よし、救急セットよし……準備ばっちりです！」

リアは可愛《かわい》らしい手提げかばんをしっかりとチェックし、

「あぁ、私も問題ない」

特に手荷物のないローズは、その場でコクリと頷《うなず》く。

「アレンくんは、大丈夫そう？」

「はい、いつでも行けます」

軽く汗も流したし、適度な栄養も摂った。

ついでに言うなら、天気も最高。

暖かい日差しのおかげで、体に力が漲《みなぎ》ってくる。

まさに絶好の修業日和と言えるだろう。

「よろしい！　それじゃ早速、行きましょうか！」

そうして俺たちは飛空機《ひくうき》に乗り、バッカスさんの待つ無人島へ向かった。

空を飛ぶこと十数分、上空からバッカスさんの姿を発見した俺たちは、ゆっくりと高度を落とし――彼のすぐ近くに着陸する。

「ん……？　おぉ、来たか」

こちらに気付いた彼は、釣りを中断して立ち上がる。

「バッカスさん、今日もよろしくお願いします」

「うむ。此度《こたび》はかなり強度の高い修業になるが、体の調子はどうじゃ？　昨日はちゃんと眠れたか？」

バッカスさんの問い掛けに対し、俺たちはみんなコクリと頷く。

「けっこうけっこう、しっかりと整えてきたようじゃな。――よし、それではこれより、桜華一刀流奥義鏡桜斬を伝授しよう！　まずはいつもみたく、この儂《わし》が手本を見せてや……ん？」

彼は途中で言葉を切り、抜き掛けた太刀を鞘《さや》に収めた。

「「「「……？」」」」

突然の急停止に俺たちが小首を傾《かし》げていると、バッカスさんは何故か大空を見上げる。

「あのカラクリは……小僧らの仲間か？」

彼の視線の先には、大きな黒い影があった。

太陽と重なっているため、はっきりとは見えないけれど……。飛空機のようなシルエットが二つ、真《ま》っ直《す》ぐこちらへ向かって来ている。

（この場所を知っているということは、アークストリア家の使用人さんかな……？）

俺がぼんやりそんなことを考えていると――空から黄色い球体が落下してきた。

（なんだ、これ……？）

綺麗《きれい》な泥団子のような手のひらサイズの球体。よくよく目を凝らして見るとそれは、とてつもなく小さな砂粒の集まりだった。

ただ、奇妙な点が一つ。

何故かその球体は、フワフワと宙に浮かんでいるのだ。

「んー、なんだこれ？　泥団子、じゃないよな？」

リリム先輩が興味津々《きょうみしんしん》といった風に身を乗り出した瞬間、会長が金切り声をあげる。

「アレンくん、防御お願い……ッ！」

刹那、黄色い球体は途轍《とてつ》もない大爆発を巻き起こした。

大地が抉《えぐ》れ、木々が飛び、凄まじい衝撃波が吹き荒《すさ》ぶ中、

「……あ、あり……？　私、生きてる……？」

リリム先輩はポスリとその場に座り込み、

「じゅ、寿命が三年は縮まったんですけど……っ」

ティリス先輩は胸のあたりに両手を添え、

「今の攻撃を完璧に防ぎ切るなんて、さすがはアレンくんね。おかげで助かったわ、ありがとう」

何やら事情を知っていそうな会長は、ホッと胸を撫で下《お》ろした。

「いえ、こちらこそ。会長のおかげで、なんとか間に合いました」

大爆発が起こったあの瞬間——俺は咄嗟《とっさ》に闇の衣を展開し、一瞬でみんなを包み込んだ。

その結果、彼女たちは爆風を浴びることなく、全員無傷でやり過ごすことができた。

「ありがとう、アレン。でも、あなたは大丈夫なの？」

「すまない、また守られてしまったな……。ところで、お前は無事なのか？」

リアとローズは心配げな表情で、こちらの身を案じてくれる。

「あぁ、問題ない。それよりもバッカスさんは……？」

俺と彼の間にはけっこうな距離があったため、闇の防御が間に合わなかった。

（今の大爆発を生身で食らっていたとしたら……っ）

まず間違いなく、かなりのダメージを負っているだろう。

俺がバッカスさんの身を案じていると、

「あー、鬱陶《うっとう》しいのぅ。なんじゃこの砂は……！」

彼は苛《いら》立《だ》った様子で太刀を振るい、周囲に立ち昇る砂煙を斬り払った。

（さ、さすがだな……っ）

あの爆発を生身で受けて、当然のように無傷。

（もしかしたら、普通の人間とは『体の作り』が違うのかもしれないな）

そんな感想を抱いていると——二機の飛空機がゆっくりと目の前に着陸した。

「……みんな、絶対に気を抜いちゃダメよ。間違いなく、これまで戦った中で『最強クラス』の敵だから……っ」

緊迫した会長の声が響いた直後、飛空機から二人の剣士が降りてきた。

「——旦那ぁ、相変わらず無茶苦茶やりますねぇ。もう黒の組織の一員なんすから、もちっと穏やかに『こそこそ』と動きやせんかぁ？」

一人目は、黒い外套《がいとう》に身を包んだ、見るからに軽薄な男。

どこか芝居がかった胡散臭《うさんくさ》い振る舞いをしているけれど、こちらへの警戒を全く欠かしていない。まず間違いなく、かなりの実力者だ。

「黙れ。私のやり方に口を挟むな。それにそもそも、黒の組織に入った覚えなどない。一時的に協力関係を結んでいるだけだ」

二人目は、鋭い目つきをした細身の男。

彼が身に着けるその衣装は、聖騎士のものによく似ている。

「——私たちになんの用かしら、裏切りの七聖剣フォン＝マスタング？」

会長がそう言うと、細身の男がピクリと反応を示した。

「その顔、何度か見覚えがあるな……。確かロディスの娘、名はシィ＝アークストリアだったか。……なるほど、随分と情報が早いと思えば、父親から話を聞いたというわけか」

フォン＝マスタング。

背まで伸びた、まっさらな黄金色《こがね》の髪。年齢は二十代半ば、身長は百七十センチほどだろう。どこか冷たい印象を抱かせる、端整な顔立ち。剣士にしてはやや細身な体。聖騎士の隊服の上から、漆黒の外套《がいとう》を纏《まと》っている。

（この人がフォン＝マスタングか……）

昨夜遅く、会長が話していた裏切り者だ。

「会長、『裏切りの七聖剣』って、どういうことですか⁉」

「七聖剣が裏切ったなど、初耳だぞ⁉」

事情を知らないリアとローズは驚きの声をあげ、

「い、いやいやいや……今から七聖剣とやり合うの？　マジ？」

「なんか急にお腹《なか》が痛くなってきたんですけど……」

リリム先輩とティリス先輩は、戦う前から腰が引けていた。

「詳しい事情は、後でちゃんと説明するわ。だから今は、あの裏切り者との戦闘に備えてちょうだい！」

会長がそう言って剣を抜き放つと、フォンは露骨に顔を歪《ゆが》めた。

「シィ＝アークストリア、お前は――いや、お前たちは何やら大きな勘違いをしているようだ。……仕方がない。この際、はっきりとその間違いを正してやろう」

「……何かしら？」

「私は決して、薄汚い『裏切り者』ではない。ただ七聖剣を抜け、神聖ローネリア帝国と協力関係を結んだだけだ」

「「「「「「……？」」」」」」

この場にいる全員が、フォンの謎理論に首を傾げる。

「あの……フォンの旦那ぁ、一般的にそれを裏切りって言いやすよ？」

彼の仲間と思われる男が、至極真っ当な突っ込みを入れると――フォンはそれを鼻で笑う。

「馬鹿が、頭の辞書をしっかりと更新しておけ。『裏切り』とは、善なる者が悪の道を進むことだ。私のこれは『自分の正義』を全うするため、異なる組織へ移っただけに過ぎん。言わば、正義から正義への転身。――決して裏切りなどではない」

「そ、そうですかぃ……」

理屈っぽいというか、細かいというか。

フォン＝マスタングという剣士は、いろいろと気難しい男のようだ。

「フォンの旦那ぁ、細けぇことは置いておいて……。今は『仕事』の方を優先しやせんか？」

組織の一員と思われる男は、困り顔でポリポリと頬を掻《か》く。

その発言を受けたフォンは——まるで時が止まったかのように、全ての行動をピタリと停止させた。

「……『細かい』、だと？　違う違う違う。私は細かい人間ではない。貴様等があまりにも大雑把過ぎるのだ。いいか？　先ほどのように小さな間違いを正すことは正しい行い、つまりは『小さな正義』だ。それを常日頃から積み上げていくことにより、いずれは世界平和という『大きな正義』が結実する。……ふむ、これはいい機会だな。貴様には、もう一度教えてやろう。そもそも『正義』とはな——」

よほど『正義』というものに執着があるのか、彼は延々と自論を語り続ける。

「あー……。また始まったよ、旦那の『最大幸福正義論』。……バレル陛下ぁ、やっぱりパートナーを代えてくれやせんかねぇ？　とにかく相性が最悪なんでさぁ……」

演技がかった男は、今回ばかりは真剣に嫌そうな表情を浮かべていた。

「そっちのあなた……ディール＝ラインスタッドね？」

会長は微塵《みじん》も警戒を緩めることなく、げんなりした様子の男に声を掛ける。

「おんや、あっしのこともご存じなんですかぃ？」

「えぇ、聖騎士協会から情報が上がっていたわ。確か、元『皇帝直属の四騎士』さんよね？」

「あらら……。『元』ってところまで割れてんですかぃ。なんつーか、これはまたお恥ずかしい話で……」

彼は曖昧な笑みを浮かべながら、ポリポリと頭を掻いた。

ディール＝ラインスタッド。

今紫《いまむらさき》のミドルヘアに色の薄いサングラスを掛けた男だ。身長は百八十センチ半ば、年齢は二十代後半ぐらいだろう。柔和な表情を浮かべ、一見すると優しそうにも見えるが……。とにかく動きの一つ一つが芝居がかっており、全体的に胡散臭い。

身に付けた黒い外套には、十三騎士にのみ許された、どこかで見覚えのある紋様が刻まれている。

（元とは言え、皇帝直属の四騎士だった男か……）

階級から判断するに、あのセバスさんと近い実力の持ち主。

決して油断のできる相手じゃない。

「それで……元七聖剣と元皇帝直属の四騎士、超が付くほどの危険人物が、いったいなんの用かしら？　まさか、二人仲良くお花見に来たってわけじゃないわよね？」

会長の問い掛けに対し、

「私たちの目的はただ一つ。――バッカス＝バレンシア、貴様が長年隠し持つ幻霊《げんれい》『億年桜』を回収することだ」

フォンはとんでもない返答を口にしたのだった。

あとがき

読者の皆々様、『一億年《いちおくねん》ボタン』第八巻をお買い上げいただき、ありがとうございます。

作者の月島《つきしま》秀一《しゅういち》です。

早速ですが、本編の内容に触れていこうかなと思います。あとがきから読むスタイルの方は、この先ネタバレが含まれておりますのでご注意くださいませ。

さて第八巻には、桜の国チェリン編の前編と中編が収録されており、個性豊かな新キャラが三人登場しました。

まず一人目は、バッカス＝バレンシア。私はこういう強い爺《じじい》キャラが大好きでして、彼の登場するシーンはいつもより三割増しで筆が乗りました。ちなみにこのバッカス、大同商祭（原作第二巻）の時点で既に登場が決まっており、作者的には「やっと出せた！」という感じのキャラだったりします。

そして終盤に現れた二人組の剣士、七聖剣フォン＝マスタングと元皇帝直属の四騎士ディール＝ラインスタッド。このコンビは……まぁいろいろと酷《ひど》いです。一言で表現するならば、とんでもない人格破綻者たちですね。フォンとディールの活躍（？）については、次巻をお待ちいただければ幸いです。

後そう言えば……裏切り者のセバス＝チャンドラーも、ひょっこりと再登場を果たしましたね。相も変わらず会長一筋の彼ですが、それには深い理由がありまして……。セバスの過去については、またいずれどこかで書けたらなぁと思っております。

そしてそして——次の第九巻は『一億年ボタン』史上最高の死闘＆衝撃の展開が待ち構えております！　どうぞお楽しみに！

さて、残りページも少なくなってきたところで、以下、謝辞に移らせていただきます。

イラストレーターのもきゅ様・担当編集者様・校正者様、そして本書の制作に協力してくださった関係者のみなさま、ありがとうございます。

そして何より、一億年ボタン第八巻を手に取っていただいた読者のみなさま、本当にありがとうございます。

それでは、第九巻でお会いしましょう！

月島　秀一

お便りはこちらまで
〒一〇二―八一七七
ファンタジア文庫編集部気付
月島秀一（様）宛
もきゅ（様）宛

富士見ファンタジア文庫

一億年《いちおくねん》ボタンを連打《れんだ》した俺《おれ》は、気付《きづ》いたら最強《さいきょう》になっていた8
～落第剣士《らくだいけんし》の学院無双《がくいんむそう》～

令和３年11月20日　初版発行

著者――月島秀一《つきしましゆういち》

発行者――青柳昌行

発　行――株式会社KADOKAWA
〒102-8177
東京都千代田区富士見2-13-3
0570-002-301（ナビダイヤル）

印刷所――株式会社暁印刷

製本所――本間製本株式会社

※定価はカバーに表示してあります。
●お問い合わせ
https://www.kadokawa.co.jp/（「お問い合わせ」へお進みください）
※内容によっては、お答えできない場合があります。
※サポートは日本国内のみとさせていただきます。
※Japanese text only

ISBN978-4-04-074144-4 C0193

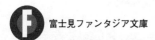

騙しあい。

各国がスパイによる戦争を繰り広げる世界。任務成功率100%、しかし性格に難ありの凄腕スパイ・クラウスは、死亡率九割を超える任務に、何故か未熟な7人の少女たちを招集するのだが――。

シリーズ
好評発売中！

ファンタジア文庫

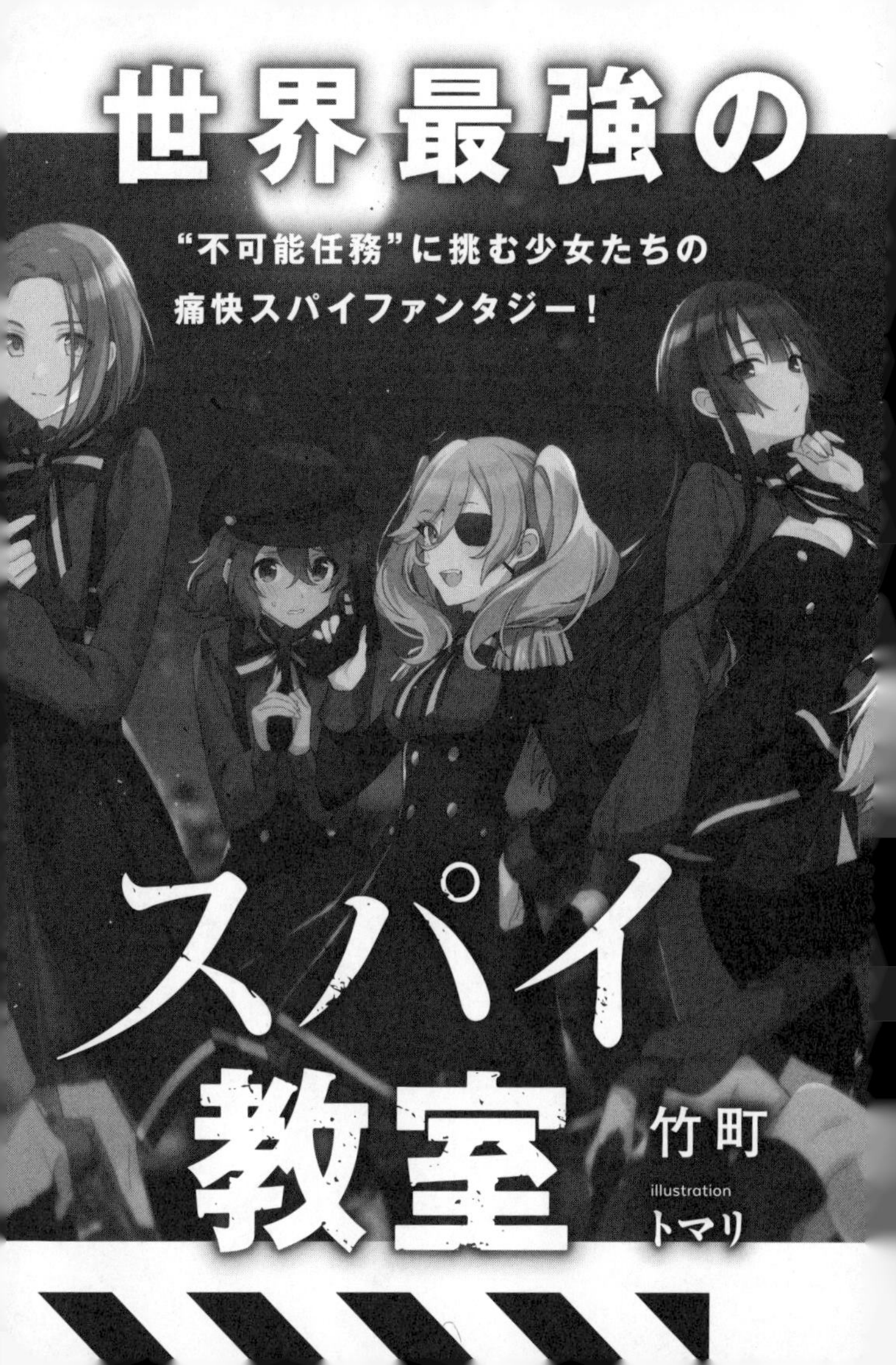
世界最強の
“不可能任務”に挑む少女たちの
痛快スパイファンタジー！
スパイ教室
竹町
illustration
トマリ

ティナ
四大公爵家の
ひとつ、ハワード家に
生まれた公女殿下。
なぜか誰でも扱える
程度の魔法すら使う
ことができない。
変える
はじめましょう
アレン
公爵令嬢ティナの
家庭教師を務める
ことになった青年。魔法
の知識・制御にかけては
他の追随を許さない
圧倒的な実力の
持ち主。
発売中!

切り拓け！キミだけの王道
ファンタジア大賞
原稿募集中！
賞金
《大賞》300万円
《金賞》50万円
《銀賞》30万円
選考委員
細音啓「キミと僕の最後の戦場、あるいは世界が始まる聖戦」
橘公司「デート・ア・ライブ」
羊太郎「ロクでなし魔術講師と禁忌教典《アカシックレコード》」
ファンタジア文庫編集長
前期締切 8月末日
後期締切 2月末日
公式サイトはこちら！ https://www.fantasiataisho.com/
イラスト／つなこ、猫鍋蒼、三嶋くろね